KB124259

푸른 사과의 비밀

아르망 장편소설

2

일러두기

1. 글의 이해를 돕기 위해 '망원동 선언' 부록과 각주를 표기했습니다.
2. 말 줄임표는 …. 로 통일했습니다.

합정동 절두산 기슭에 뱀파이어들이 집단 서식한다는 이야기는

오래전부터 비밀리에 전해져왔다.

합정동과 망원동, 서교동 일대에 자주 출몰했지만

아무도 눈치채지 못한 그들의 존재. 그들이 마침내 움직인다.

VAMPIRE ZONE

에덴의 기억이나 예감이 없다면 숨을 쉬는 것도 형벌이다.

– 에밀 시오랑

목차

인간공장 방화작전

6월 들어 장마철이 지나 후덥지근한 무더위가 시작된 어느 날, TV 뉴스에서 깜짝 놀랄만한 뉴스가 흘러나왔다. 뭐가 좋은지 40대 초반의 여자 앵커는 싱글벙글했다.

"코로나 바이러스와 그 변이 바이러스가 사라지면서, 한동안 중단된 의료진의 연구 활동이 다시 본격화하고 있는데요. 난임 부부와 불임부부에게 희소식을 전합니다. 한국을 비롯한 미국, 영국 등 생명 공학 선진국들이 공동으로 참여한 바이오 휴먼 프로젝트 팀이 최근 '인공 자궁' 개발에 성공했다는 소식입니다. 특히 이번 인공 자궁에서 발아된 태아는 수정란에서부터 모든 전염병에 대한 항체와 면역을 갖춤으로써 질병의 공포로부터 해방된 최초의 신인류가 될 것으로 보입니다. 우리 정부는 바이오 휴먼 프로젝트 팀의 요청에 따라 인공 자궁 승인 여부를 놓고 긍정적으로 고려 중인 것

으로 전해졌습니다. 이 프로젝트에 참여한 채장기 박사에게
서 이번 인공 자궁 개발의 의미를 들어보겠습니다."

산부인과 채 병원의 원장이라는 자막이 화면에 뜨면서, 금
테 안경을 낀 그가 등장했다.

"아, 이런!"

나는 탄식이 절로 나왔다. 이미 십수 년 전에 승인되지도
않은 인공 자궁에서 시범적으로 태어나 고통을 겪는 수빈이
가 떠올랐다.

"불행하게도 최근 몇 년간 예기치 않은 전염병의 기승으
로 많은 사람이 병들어 죽었습니다. 설상가상, 신생아의 출
산율도 마이너스로 뚝 떨어졌습니다. 저희 연구진은 절박한
심정으로 지난 수년간 연구를 통해 건강하고 똑똑하며 전염
병에 걸리지 않는 아이들을 대량 생산할 인공 자궁을 성공
적으로 개발했습니다. 인간의 기술이 신의 영역까지 도전장
을 내밀었다고 봐야겠습니다. 인공 자궁은 여성의 자궁에서
추출한 세포로 만들어, 태아가 실제 엄마의 뱃속에서와 같이
엄마의 맥박, 혈맥, 감정을 모두 느끼도록 했습니다. 이 기술
을 이용하면 자궁에 손상을 입은 여성뿐만 아니라 출산의 아
픔을 피하려는 여성도 고통 없이 아기를 가질 수 있습니다."

푸른 사과의 비밀

"인공 자궁의 태아가 어떻게 모든 바이러스에 면역을 갖게 되는지 궁금하군요."

앵커는 채 원장에게 호의적인 미소를 띠며, 신기한 듯 물었다.

"정자와 난자가 결합이 된 순간부터 신생아로 태어날 때까지 인공 자궁에 주사기로 전염병에 면역을 갖는 항체의 약물을 미리 투입하여 건강한 아이를 만드는 거죠."

"아, 그러니까 설익은 수박에 단맛 주사액을 넣는 설탕 수박처럼요? 자연 출산 산모의 경우 주사액 투입이 고통스러울 수 있겠지만, 인공 자궁의 경우 그런 걱정 없이 아이 몸에 좋은 영양제도 주입할 수 있겠군요."

앵커의 나름 재치 있는 대꾸에 기분이 좋은지, 채 원장은 살짝 선을 넘는 넉살을 부렸다.

"신나라 앵커님도 결혼 10년이 지나도록 아이가 없는 거로 알고 있는데, 원하시면 저희 첫 고객으로 모시겠습니다."

"정말 약속한 거죠? 누구보다도 저희 시어머니가 기뻐하실 것 같습니다."

신 앵커는 부끄러운 줄도 모르고, 신나게 얘기했다. 그녀의 코멘트는 요즘 페이크 뉴스의 진원지로 비판받는 종편TV 앵커들의 탈선에 비하면 오히려 귀엽게 봐줄만했다.

하지만 그녀는 기자 출신 앵커답게 채 원장에게 불편하게 느껴질 질문을 잊지 않았다.

"마지막 질문입니다. 새로운 방식의 생명 탄생에 대해 관련법 미비를 지적하는 목소리가 큽니다. 만일 의료당국이 인공 자궁 기술을 불허한다면 어떻게 하실 건가요?"

"바이오 휴먼 프로젝트팀은 한국 국적의 제가 주도하지만, 여러 국적의 연구진들이 참여하는 다국적 연구팀입니다. 원만하게 승인을 받을 것으로 확신합니다."

신나라 앵커는 종교학자의 말을 빌려, "인공 자궁은 아기를 갖지 못하는 부부에게는 매력적인 기술이지만 '기계적 인간'의 탄생은 생명 경시의 출발이 될 것이라는 지적도 제기된다"라는 말도 잊지 않았다.

생명의 탄생과 죽음을 관장하는 것이 신의 영역이었는데, 이를 넘보려는 채장기라는 사람의 진짜 꿈은 대체 무엇일까?

궁금증을 참지 못하는 나는 어렵게 인터넷을 뒤져 채장기 박사가 수년 전에 쓴 자서전 『나의 꿈』 전자책을 찾아 읽었다.

생명의 탄생을 바라보면 누구나 신비로움을 느낄 것입니다. 그러나 모든 사람이 아기의 아빠나 엄마가 되어 이 신비로움을 경험하는 것은 아닙니다. 이 세상에는 아기를 갖고 싶어도 생기지 않아 낳을 수 없는 부부들도 많습니다. 자연적으로 임신이 되지 않는 부부가 마지막으로 찾는 방법이 인공 수정과 같은 보조 생식 기술입니다. 인공 수정은 정자와 난자를 사람이 직접 수정시켜 키우는 방식입니다. 예컨대 정자가 운동성이 떨어져 활발하게 움직이지 못해 난자와 결합을 못한다면, 정자를 치료한 뒤 몸 밖에서 만든 수정란을 자궁에 넣는 거죠. 이때 집안 대대로 내려오는 병이 있으면 그 유전자를 찾아 바로잡을 수도 있습니다. 반대로 다른 사람에게서 뽑은 질 좋은 유전자를 넣을 수도 있습니다. 심지어 유전자 조작 기술로 딸과 아들을 조절해서 낳을 수도 있답니다. 부부가 바라는 아기를 '맞춤형'으로 만드는 기술인 셈입니다.

나는 고개를 끄덕이면서 읽다가 다음 문장부터 바짝 긴장했다.

저희는 오래전부터 아기를 '인공 자궁'에서 키우려는 연구를 진행해 왔습니다. 인공 자궁은 아기를 몸 밖에서 키워서 낳는 생명의 공간입니다. 미국과 유럽 등 선진국에서는 보수적인 종교단체의 반대로 감히 엄두를 못 내고 있지만, 저희는 인간의 자궁 환경과 비슷한 늑대의 자궁을 인공으로 만들어, 이곳에서 좀 더 건강한 늑대 새끼를 출산하는 데 성공했습니다. 머지않아 인간의 자궁도 인공으로 만들어 여성들이 출산의 고통으로부터 해방될 수 있길 희망합니다. 얼마 전, 지구촌을 휩쓴 전염병으로 인해 적지 않은 어린아이들이 생명을 잃거나 고통을 겪어야 했습니다. 우리가 선보일 인공 자궁에선 맞춤식 영양공급 및 약제 주입이 얼마든지 가능해 최상의 아이를 출산할 수 있을 것입니다.

채 박사의 다음 글을 읽으면서 나도 모르게 그만 탄식이 나왔다.

여성의 몸은 아이를 출산하면, 아름다운 신체 라인이 무너집니다. 아시다시피, 체중이 늘어 허리둘레가 커지고 뱃살은 쉽게 빠지지 않고, 무엇보다도 산후 우울증이 생겨서 하루에도 수없이 천당과 지옥을 오가게 됩니다. 나이가 좀 든 상태에서 아이를 출산하면 산모도 위험해지고 아이의 목숨도 위태롭게 되고요. 인공수정 출산을 원할 경우, 과거에 는 가난한 국가의 젊은 여자를 대리모로 구해 수정란을 이 식했지만 최근에는 해당 국가의 항의와 인권단체의 비난 탓 에 대리모 출산이 더는 쉽지 않아, 의료진은 인공 자궁 연구 에 나서게 되었습니다. 인공 자궁은 신의 영역에 대한 인간 의 무모한 도전이라는 비판을 일부에서 받고 있으나, 따지 고 보면 친 인간적이며 친 여성적인 과학적 성과라 할 수 있 습니다.

글을 읽으면서 나도 모르게 고개를 저었다. 그의 글은 묘 하게 사실을 비틀어 진실을 호도하는 설득력이 있었다. 어쩌 면 그가 이미 인공 자궁 실험을 통해 탄생시킨 아이들이 어 딘가에서 비밀리에 자라고 있을 것 같은 느낌이 들었다. 새 벽 1시가 넘었는데도 뭔가에 짓눌리듯 잠이 오지 않아 뒤척 이는데, 마침 수빈에게서 전화가 왔다.

"민주야, 자? TV에서 그 인간이 나온 뉴스를 봤니?"

"응 봤어. 아주 놀랐어."

"그 인간은 이미 20여 년 전부터 황우석이라는 수의학자 가 줄기세포 이식을 통한 동물 복제 연구를 진행했을 때, 은 밀하게 인간 생산 연구를 진행했어. 여기에는 앞으로 출산

율 저하로 인한 인구 절벽 심화를 우려하는 인구학자들의 경고와 함께, 1명의 천재가 10만 명을 먹여 살린다는 천재론이 작용하면서, 국가 예산이 채 원장의 연구를 적극적으로 지원하는 데 투입되었어. 아주 비밀리에….”

“처음 듣는 얘긴데….”

“넌, 내가 전교 1등을 한 게 그 인간이 유전적으로 뛰어난 정자와 난자를 섞어 만든 결과일 뿐이라고 여기니?”

“그걸 말이라고 하는 거니? 너도 열심히 노력했잖아.”

“채 원장은 그렇게 생각하지 않아. 그 인간은 난임 환자와 불임 환자의 임신을 도모하는 데서 그치지 않아. 너와 나 같은 우등생을 만들기 위해 학교 성적이 좋았던 남자와 여자로부터 정자와 난자를 채취해 자신이 개발한 인공 자궁에서 부화시킬 계획을 실현할 작정이야. 집요하게 나에게 난자 채취를 시도한 것이나, 너에게 채취한 난자의 보관을 파격적인 염가로 제안하는 것도 너와 내가 전교 1등을 한 수재라고 여기기 때문이야.”

“왜 그런 끔찍한 생각을?”

“뭐, 과대망상증 환자일 거야. 하나 더 덧붙이자면, 철저히 유전자 우월주의자야.”

그날 밤, 잠을 잘 수가 없었다. 아무래도 일이 더 커지기 전에 채 원장의 망상을 중단시켜야 할 것 같았다. 새벽 2시가 넘어서야 눈꺼풀이 무거워졌다. '이 시간에 수빈이는 자고 있을까?'라고 생각하는데 파스칼이 눈앞에 나타났다.

"여기엔 웬일이세요? 이 시간에 안 주무시고…."

"지금이 우리가 한창 활동해야 할 시간인걸."

"다 큰 숙녀 집에 불쑥 들어오면 어떡해요?"

"네가 많은 생각을 하느라 잠을 뒤척이는 것 같아서 네 고민을 덜어주러 왔어."

"제 고민은 쉽게 풀 수 있는 게 아니에요."

파스칼은 미소 지으면서 내 손을 잡았다.

"오늘 밤, 나와 둘이서 악의 소굴을 해체하고 자연의 질서를 되돌리는 거야. 어서 옷을 입어."

"이제 막 잠에 들려는데, 지금 나가야 해요?"

"잠깐 바람 쐬는 거야. 기분도 전환할 겸."

얼떨결에 내가 청바지와 셔츠를 입는 동안에, 파스칼은 뒤로 돌아 눈을 감고서 창 쪽을 향했다.

"뭐예요? 파렴치한처럼. 밖이 어두워 내 모습이 창에 비치잖아요."

"그러고 보니, 눈을 뜨고 있을걸."

파스칼은 웃으면서 내 손을 잡아 방 안에서 왈츠를 추는 듯싶더니, 창문을 열고 밤하늘을 날았다. 나는 떨어질까 싶어 그의 허리를 꼭 안았다.

"민주, 겁먹지 말고 내 손만 잡아도 안전할 거야."

하지만 그의 허리춤을 꼭 안는 게 훨씬 좋은 느낌이 들었다.

6월의 새벽하늘은 미세 먼지가 없어서인지 푸르고 맑았다. 파스칼은 강 너머의 초고층 아파트 사이를 이리저리 헤집으며 날았다. 집에서 채 병원의 건물까지 고작 10분도 채 걸리지 않았다. 나는 파스칼에게 작은 소리로 속삭이듯 말했다.

"인공 자궁실은 401호인 것 같아요."

파스칼은 고개를 끄덕이며 내 손을 잡고서 병원 건물을 한 바퀴 돌았다. 응급실 옆의 계단 통로를 통해 순식간에 4층으로 뛰어올랐다. 영화 〈매트릭스〉에서처럼 공간을 넘나드는 순간이동 같은 느낌이 들었다. 이제야 비로소, 파스칼이 진짜 뱀파이어 같았다.

파스칼은 상의 안주머니에서 맥가이버 칼을 꺼내 출입문을 딴 뒤 플래시를 켜고 곳곳을 비추었다. 다행스럽게 아직 보안 경보음이 작동하지 않았다. 왜 이리 경비가 허술하지? 아무래도 몇 주 전, 의약 창고를 습격당한 뒤 보안 인력이 모두 그쪽으로 몰린 것 같았다.

10미터 앞에 큰 자물쇠로 잠긴 철문이 나타났다. 파스칼이 맥가이버칼에서 날카로운 송곳을 꺼내 열쇠 구멍에 돌리자 놀라운 광경이 펼쳐졌다. 아이가 들어갈 만한 크기의 타원형 캡슐들이 개봉되지 않은 채 즐비하게 놓여 있었다. 열 줄로 10개씩이면 대략 100개쯤 되어 보였다. 만약 이곳에서 아기들이 생산된다면? 아무리 최고의 의료진이 참여한다 해도, 인간이 신의 영역인 생명의 탄생까지 마음대로 조작한다는 것은 죄악이라는 생각이 들었다. 내 친구 수빈이와 전 남자 친구의 친구 주현이 탄생한 곳이 이곳 캡슐이라는 생각이 들자 너무 슬퍼졌다.

"민주! 뭐 해? 빨리 서둘러야 해."

잠시 상념에 빠진 나는 파스칼의 고함에 정신이 번쩍 들었다. 나는 파스칼을 도와 캡슐에 휘발유를 부어 불을 지른 뒤 재빨리 밖으로 빠져나왔다. 파스칼은 병원 주위에 미리 준비해온 유인물을 살포하고, 먼발치에서 내 손을 꼭 잡은 채 훨훨 타오르는 인간 공장을 지켜보았다. 환한 불길에 선

명하게 드러난 유인물의 푸른 사과 그림을 보며 예전에 파스
칼이 강조한 뱀파이어의 사과에 담긴 의미가 떠올랐다.

'뱀파이어가 퍼뜨릴 과즙 많은 사과는 인류에게 고통과 아
픔을 심어 준 아담의 사과와, 고독과 허무함을 안겨 준 스티
브 잡스의 메마른 잿빛 사과를 곧 대체할 거야.'

파스칼의 얼굴에 미소가 번졌다. 그 모습을 바라보며, 나
는 바닥에 떨어진 유인물 한 장을 주웠다.

모든 생명체는 원래 평등합니다. 인간이든 인간이 아니든,
숨 쉬고 꿈틀거리는 모든 생명체는 그 자체로서 존재 가치
를 지닙니다. 다른 인간과 다른 동물을 지배하기 위해 우생
학적으로 우열을 가르는 일은 자연의 질서에 어긋나는 행
위입니다.

(⋯⋯)

오늘 우리가 인공 자궁 시설을 파괴하는 것은 오로지 우월
한 유전자만 추출해 생명줄을 제멋대로 조작하는 탐욕과
야만의 세력을 응징하기 위해서입니다.

현학적 문장이 마음에 들지 않았지만, 그런대로 우리의 대의를 잘 담은 것 같았다. 파스칼은 내 손을 잡고 근처의 파라다이스, 라이프 병원으로 날아가 인공 자궁 시설에 불을 질렀다. 이들 병원의 인공 자궁 시설은 인간이 아닌, 동물 대량생산을 목적으로 운영되고 있으나, 채 병원만큼이나 반윤리적으로 운영되어 온 곳이었다. 돼지나 소, 닭, 오리의 경우 인간들이 주로 찾는 특정 부위의 육질이 좋은 새끼를 부화시키거나 상대적으로 가격이 비싼 특정 반려견과 반려묘를 집중적으로 인위적으로 대량생산했다. 하지만 이곳에서 태어난 동물 중에 상당수가 치질과 두통, 소화불량이나 암에 시달려 왔다. 여기에서도 파스칼은 인공 자궁 시설이 훨훨 불타오르는 모습을 보며 준비해 간 유인물을 뿌렸다.

캠프파이어에 온 듯, 그는 신나는 분위기에 취해 나의 손을 잡고 왈츠 탱고 블루스를 돌아가면서 추었다. 무반주 속에 그가 이끄는 대로 춤을 추면서도 혹시 누가 우리의 이런 모습을 보면 어떻게 생각할까 살짝 걱정되었다. 타오르는 불빛에 비친 파스칼의 얼굴을 보고 있자니, 탁 트인 이마, 위로 올라간 입술, 반듯한 코와 깊은 눈매가 내가 좋아하는 키아누 리브스를 무척 많이 닮았다는 생각이 들었다. 하마터면 그의 입술을 만질 뻔했다.

눈을 감은 채 분위기에 한창 젖어 있는데 파스칼이 동작을 멈추고 한마디를 했다.

"이제 일을 마쳤으니, 집에 돌아가 볼까?"

그의 허리춤을 잡으려던 찰나, 빙글 돌아선 그가 내 손을 꼭 잡고 하늘을 저공 비행했다. 고층 아파트와 저층 아파트, 단독주택을 굽이굽이 돌다가 실수로 123층 타워빌딩의 아랫부분에 부딪힐 뻔했다. 창문을 통해 내 방에 도착하니 새벽 3시였다. 파스칼은 내게 수고했다며, 이마에 입맞춤하고선 레몬 향만 남긴 채 순식간에 사라졌다. 불과 1시간 만에 골치 아픈 일들을 처리했다는 흐뭇한 생각에 스르르 잠이 쏟아졌다. 침대에 뛰어오른 아담이 다가와 내 팔을 베개 삼아 엎드려 귓속말로 속삭였다.

"누나 고마워. 내가 인공 자궁 시설에서 태어난 사실은 몰랐지? 내 친구들을 함부로 만든 파라다이스 인공 자궁 시설을 말끔히 없애 준 누나가 너무 자랑스러워. 나는 운이 좋아 뒷다리의 관절이 약한 것 빼고는 비교적 건강한 편이지만, 대부분의 친구는 고질적인 유전병을 앓고 있어. 어렸을 적에는 소화 기능이 안 좋아 자꾸 토하고, 두 살만 넘으면 잘 듣지 못하고, 앞을 보는 것도 쉽지 않고, 설사를 자주 하고, 털도 자꾸 빠지고, 그렇게 병치레를 하다가 다섯 살을 못 넘기고 죽게 되면 쓰레기 치우듯 폐기물 쓰레기봉투에 버려지는 거지."

"아, 그렇구나. 내가 진작 너희들의 고통을 살펴봐야 했는데."

"아냐, 지금도 전혀 늦지 않았어. 앞으로도 누나가 할 일이 많을 거야. 누나를 응원해. 그리고 사랑해."

얼마나 시간이 지났을까? 얼굴 한쪽이 축축해 깜짝 놀라 눈을 떠 보니, 아담이 내 오른쪽 뺨을 핥고 있었다. 나는 아담을 번쩍 위로 들어 녀석의 코를 내 코에 맞비비면서 눈을 맞추고서 미소를 지었다. 녀석은 기분이 좋은지 허공에 대고 컹컹 짖었다.

일요일 아침이어서 모처럼 침대에 누워 게으름을 피웠다. 커튼 뒤로 비추는 초여름의 강렬한 햇살에 놀라 일어나려는데, 거실에서 엄마가 나를 불렀다.

"민주야, 저기 TV 뉴스 좀 보렴! 밤사이에 강 너머 큰 병원 3곳에서 연쇄 화재가 일어나, 저렇게 생난리인데 저 불구덩이에서 춤추는 미친 애를 좀 봐라. 쟤 미친 것 같지 않니?"

실눈을 뜨고서 TV를 보니, 정말로 미친 여자아이가 혼자

왈츠를 추고 있었다. 뱀파이어는 CCTV에 찍히지 않는다는 니콜라의 말대로, 파스칼은 보이지 않고 나 혼자서 이리저리 빙빙 돌며 뛰어놀고 있었다. 황당한 표정을 짓는 엄마 곁에서 자꾸 나오려는 웃음을 참고 있는데, 휴대폰에 문자 알림 신호가 울렸다.

사필귀정. 하늘 무서운 줄 모르고 건방을 떨다가 천벌을 받은 것 같아. 근데 경찰에 방화범을 신고할까? 난 진짜 범인을 알 것 같은데.

수빈이는 문자를 보내 기쁨을 건네면서 농담을 여유 있게 건넸다. 나는 수빈에게 간단한 답을 보냈다.

쉿! 이제 우리는 멋진 공범이 된 거야. 이젠 다리 쭉 뻗고 잘 자길 바라. 내일 봐.

이어 나는 아담을 본 따 만든 강아지의 코 고는 이모티콘을 보냈다.

점심 식사 후 학교 옥상에서 수빈을 만났다. 수빈이는 나를 향해 미소 지으며 스마트폰으로 동영상 뉴스를 보여주었다. 어제 저녁에 파스칼과 함께 가서 불을 지른 채 병원 인공자궁 시설의 채장기 원장이 기자들과 가진 인터뷰 화면이었다.

"저는 우리 인류에게 희망을 안겨 줄 우량 아이의 탄생을 방해한 테러집단에 분노합니다. 지금, 우리 인류는 급격한 저출산의 낭떠러지에서 굴러떨어질 위기를 맞고 있습니다. 과도한 컴퓨터 기기의 사용, 환경오염, 육아와 교육비의 과도한 부담, 개인주의 팽배, 늦은 결혼과 비혼주의 증가 등으로 출산율이 마이너스로 뒷걸음치고 있습니다. 몇 년 전만해도 동네 골목길에서 쉽게 들을 수 있었던 아이들의 웃음소리는 이제 들리지 않습니다. 극악무도한 이들이 저희 병원의 연구시설을 불태웠지만, 저희의 위대한 계획마저 불태울 수는 없을 것입니다. 저희들의 도전은 앞으로도 중단 없이 계속될 것입니다."

나는 그가 기자들과 1문 1답을 통해 단호한 목소리로 자신의 사태 수습 방안을 밝히면서도 민감한 부분에 대해선 언급을 회피하고 있다는 인상을 받았다.

- 구체적인 피해목록을 알 수 있을까요?

"저희가 지난 20년 동안, 인공 자궁 출산이 합법적으로 법제화할 때까지 기다리면서 완성도를 높인 인공 자궁 시설과 실험데이터가 모두 파괴되었습니다."

- 실험데이터에는 어떤 내용이 있나요?

"병원 기밀 사항이라서 말하기 곤란합니다."

- 피해액은 얼마로 추산합니까?

"경황이 없어 아직 따져 보지는 않았지만, 대략 6천억 원에 달할 듯싶습니다. 화재보험을 들었지만 어느 선까지 보상해줄지 모르겠습니다."

- 누구의 소행이라고 생각하나요?

"테러 집단이 뿌린 유인물을 보면 우리의 위대한 계획을 이해하지 못하는 어리석은 자들의 범행이 아닐까 싶습니다. 일단, 경찰이 수사 중이니까 추후 수사 결과를 봐야 할 것 같습니다."

- 진료나 치료에 불평불만을 가질 만한 환자는 없나요?

"아마도 전혀 없을 것입니다. 우리 병원은 최고의 의료술을 자랑합니다."

나와 수빈이는 '최고의 의료술'이라는 말에 헛웃음을 지었다. 이어 채 원장이 기자회견을 마무리 하려 하자, 안경을 낀 여기자가 질문을 하나 더 던졌다.

"이번 화재사건으로 국민적 관심사가 된 인공 자궁 시설에 대해 인권단체나 동물보호단체의 비난이 거센데, 앞으로의 계획을 알고 싶습니다. 정부에서도 특히 인간 공장에 대해선 규제를 강화할 것이라고 밝혔는데, 연구 중단 계획은 없습니까?"

채원장은 기자의 얼굴을 쏘아보면서 마이크를 잡았다.

"인류의 암담한 미래를 대비한 저희의 의료 시설을 공장으로 저급하게 표현하는 것은 적절치 못합니다. 이번 방화 테러 사건 속에서도 다행스럽게 저희가 어렵게 확보한 최고 양질의 정자와 난자는 훼손당하지 않았습니다. 저희는 해외 자본을 유치해 간섭과 규제를 받지 않고 양질의 생명 탄생 연구에만 매진할 수 있는 국가로 연구시설과 인력을 이전할 계획입니다. 저희의 위대한 연구를 성공시켜야 하니까요. 현재 세계적 투자회사인 골드만 삭스, 모건 스탠리와 접촉해 투자 규모를 협의 중입니다."

"어느 국가로 이전하는 건가요?"

"그건 확정되면 말씀드리겠습니다. 그럼 이만…."

아, 이런! 허탈한 탄성이 나왔다. 채 원장의 인터뷰가 끝나자마자 얼마 전, 병원에 직접 찾아가 난자 채취를 하고 그곳에 보관한 기억이 떠올랐다.

"민주야, 네 난자의 행방이 걱정되는 모양이구나. 그런데 너는 인공 자궁 임신에 서명하지 않았잖아. 나중에 네 몸으로 직접 아이를 낳으면 되지."

"하긴 네 말이 맞아. 인공 자궁 시설을 복원하려면 시간이 많이 걸릴 거야."

나는 수빈의 말에 고개를 끄덕이면서도 당장에 채 병원에 내 난자를 찾으러 가봐야겠다는 생각이 들었다. 하지만 그건 생각에 불과했다. 채 병원에 다녀올 여유가 없었다. 학교 수업을 마치면 학원에 들렀다가 저녁을 먹고, 엄마에겐 공부를 핑계로 대고 스터디카페를 가는 대신에 합정동 뱀파이어 아지트에 다니느라 도무지 시간 내기가 힘들었다. 시간이 지나면서 채 병원은 차츰 잊혀졌다. 불쌍한 나의 난자들….

망원동 선언 5주년 기념행사

사람들은 변이 바이러스 감염을 피해, 초여름인데도 마스크를 계속 착용하고 다녀야 했다. 뱀파이어들은 코로나 바이러스에 대한 면역력을 가졌으나 인간들의 시선을 의식해 밖에 다닐 때는 마스크를 사용했다. 지도부가 처음엔 뱀파이어용 마스크의 색깔을 명시하지 않아, 우리는 다양한 색깔의 마스크를 사용했지만 파스칼이 어느 날 검은색이 뱀파이어에게 잘 어울린다고 말한 뒤부턴 모두가 검은색 마스크를 착용하기 시작했다. 셀린은 프랑스 전통 자수의 뛰어난 실력을 발휘해 마스크에 싱싱한 푸른 사과 그림을 그려넣었다. 검은색 마스크는 왠지 장엄하고 지하 세계의 느낌을 주었지만, 멀리서 우리끼리 서로 알아보기도 수월했다.

망원동 선언 5주년 기념행사를 하루 앞둔 6월 29일, 파스칼의 특별 지시로 니콜라는 공감력 증강팀 전원을 파스칼의 합정동 아지트로 불렀다. 나의 친구인 수빈이도 옵서버 자격으로 공감력 증강팀에 합류했다.

이날 회합은 행사장에서 발표할 공감력 증강 매뉴얼을 마지막으로 점검하고 팀원들의 그간 노고를 격려하기 위한 자리였다. 무엇보다, 그간 여러 일로 정신이 없어 미뤄졌던 나의 뱀파이어 환영식을 겸했다. 나는 학교 수업이 끝나자마자 집에 돌아가 검은색 원피스로 갈아입고 합정동으로 향했다. 화요일 저녁 7시 학원에서 있을 기말고사 대비 특강은 빼먹을 수밖에 없었다.

니콜라는 어차피 기말고사에서 1등을 할 테니 학원 다니는데 시간과 에너지를 쏟지 말라고 말했으나 나는 고3이고, 1등이면 1등다운 면모를 친구들에게 보여주어야 할 것 같아 학교 근처 학원에 일부러 등록했다. 물론, 그건 처음부터 나답지 않은 행동이었다.

합정역에 내려서 7번 출구로 나와 절두산 순교성지를 지나는데, 산들바람에 실려 온 은은한 레몬 향이 코를 자극했다. 레몬 향을 따라 걷다 보니 파스칼의 아지트가 나타났다.

마치 기다렸다는 듯, 파스칼이 문을 열어 나를 포옹하면서 자신의 두 뺨을 내 뺨에 교대로 비비며 비주 인사를 건넸다. 늘 느끼지만 그에게서 나는 새큼한 레몬 향이 내 몸 안에 잠자는 모세혈관과 뇌혈관을 자극했다.

니콜라와 셀린은 내게 진한 포옹으로 반가움을 표시했지만, 인간계에서 중학교 교장 선생님으로 지낸 쇼브 아저씨와 심리학 박사인 단발머리 카레는 뭔가 기분 나쁜 일이 있는 듯 '뚱'한 표정을 짓고 있었다. 원래 그런 인상인가 싶기도 했다. 잠시 뒤, 수빈이가 쑥스러운 듯 쭈뼛쭈뼛한 자세로 들어왔다.

사회자 격인 니콜라가 먼저 말을 꺼냈다.

"오늘, 민주가 공감력 강화 매뉴얼의 주요 골자를 설명하기 전에 파스칼이 우리 무리에 온 민주를 환영하는 건배사를 하겠습니다. 원활한 회의 진행을 위해 간단히 말씀해 주셔도 됩니다."

파스칼은 나와 수빈에게 미소 띤 눈길을 던지며, 사회자의 요청에 따라 짤막하게 말을 했다.

"학교 공부하느라 준비 기간이 짧았을 텐데, 우리에게 절실하게 필요한 공감력 증강 매뉴얼을 준비해 준 민주님의 노력과 헌신에 감사합니다. 또 민주님의 인간 친구 수빈님을 환영합니다. 이제, 모든 게 잘될 것입니다. 자, 와인잔을 채웁시다!"

파스칼은 자기 잔을 높이 치켜세우며 외쳤다.

"인간과 뱀파이어의 평화적 공존을 위하여, 그리고 공

감력 증강 매뉴얼의 성공을 위하여, 팍스 밤피르(Pax vampire)!"

모두가 일어나서 와인잔을 서로 부딪치며 그의 말을 복창했다.

"팍스 밤피르!"

파스칼은 웃으며 다가와서 나와 수빈의 볼에 비주를 했다. 평소보다 훨씬 기분 좋아 보이는 그의 모습에서 인간미가 느껴졌다. 인간이 아닌 뱀파이어지만….

이어 니콜라는 우리가 함께 작성한 공감력 증강 매뉴얼의 리플릿을 참석자들에게 나눠준 뒤 말을 계속했다. 리플릿 표지에는 얼마 전 꿈속에서 파스칼이 내게 건네준 탐스러운 푸른 사과 그림이 찍혀 있었다. 잡스의 사과 로고에는 베어 먹은 자국이 오른쪽에 있지만, 이 사과 그림에는 씨앗이 도드라지게 보였다. 껍질 쪽에 송곳니가 선명하게 찍힌 채….

"최근 몇 주 동안, 연남동, 홍대 입구, 합정동, 서교동, 망원동, 상수동 등 마포구 일대에서 우리 뱀파이어들은 상처받고 괴로워하는 영혼들을 지키려 부단히 노력해 왔으나, 안타깝게도 매주 거의 3~5명의 생명을 놓치고 말았습니다. 땅거미가 지면 둘이서 한 조가 되어 양화대교와 서강대교, 마포대교의 교각 철탑에 올라 한강에 뛰어내리려는 젊은이들을 저지하고 있지만, 문제는 이들의 자살 시도가 쉽게 그치지 않는다는 점입니다. 우리가 당장에 그들의 목숨을 구해내긴 하겠지만 그들에게 생명의 소중함과 삶의 의지를 심어주지 못하는 게 문제입니다. 이는 우리가 그들의 아픔을 어루만져 줄 공감력을 갖고 있지 못하기 때문일 것입니다. 우리가 두 달 전에 공감력 증강팀을 만든 것은 우리에게 결핍된 공감력을 극대화하기 위해서입니다. 다행스럽게도 우리는 뱀파이어계와 인간계의 경계선에서 두 생명체의 공감을 이어줄 민주 님의 도움으로 공감력 증강 매뉴얼을 준비할 수 있었습니다. 자, 매뉴얼의 초안 마련에 큰 영감을 준 민주 님이 간단한 브리핑을 하겠습니다."

나는 그의 호명을 받아 일어났다. 첫 참석인 탓에 쑥스러운 표정을 짓는 수빈을 바라보며, 차분한 어조로 말했다.

"몇 달 전, 남친이 다른 남자애를 사랑한다는 사실에 충격을 받아 한강에 뛰어내렸다가, 다행인지 불행인지 파스칼에 의해 구출되었습니다. 물론 남친에 대해 오해하긴 했지만요. 모든 게 다 지나간 얘기입니다. 어떤 형태로든 제가 여러분에게 도움이 되면 좋겠습니다."

수빈이는 나의 고백에 깜짝 놀라는 표정을 지었고, 파스칼은 와인 한 모금을 털어놓으며 흐뭇하게 나를 바라보았다.

심호흡한 뒤 나는 계속해 말을 이었다.

"공감력 증강 매뉴얼의 요지를 말씀드리기 전에, 한 가지 떠오른 생각을 말씀드리겠습니다. 여기 있는 많은 분들은 저와 나이 차이가 100살도 넘게 나는 뱀파이어입니다. 전 파스칼이나 니콜라와 어울리며, 윗세대가 젊은이들과 공감대를 이루는 건 사실 어려운 일이 아니라는 걸 깨달았습니다. 하지만 인간 사회에서는 '아저씨' 중에 꼰대가 많다는 게 문제입니다. 너무 힘들고 지쳐서 한강에 뛰어내리려는데, "아프니까 청춘이야!"라는 말로 젊은이들에게 위로가 될까요? 심지어 어떤 꼰대 아저씨는 "아프면 병원에 가야지"라고 말합니다."

니콜라는 내게 귓속말로 "시간이 없으니 공감력 증강 매뉴얼의 골자만 간단히 소개해 달라"고 말했으나, 파스칼은 눈을 감고 내 말을 경청하는 듯했다.

"니콜라가 바로 본론을 말하라고 서두르는군요. 제가 드리고 싶은 말씀은 젊은이들의 절망에 공감하는 척하며 훈계하거나 교훈을 주거나 격려하는 식의 태도를 버리고, 아무런 말도 하지 말고 그들의 눈을 바라보고 꼭 안아 주라는 것입니다. 그리고 그들이 분노하면 같이 분노하고 슬퍼하면 같이

푸른 사과의 비밀

슬퍼하고 절망하면 같이 절망하기 바랍니다. 섣불리 자살 시도의 동기를 캐물어선 안 되고, 해결책을 제시해서도 안 됩니다."

파스칼이 한마디 했다.

"민주의 설명을 듣고 보니 그동안 우리가 절망에 빠진 젊은 친구들 앞에서 너무 진지하게 폼만 잡으려 했던 것 같아."

나는 그의 말에 고개를 끄덕이며 말을 계속했다.

"지금부터 저희가 개발한 '뱀파이어와 인간의 성격유형별 공감력 증강지표(VH-MBTI)'를 소개하겠습니다. VH-MBTI는 그다지 머리가 좋지 않은 제가 창의적으로 개발한 게 아니라 인간 사회에서 젊은이들 사이에 인기가 좋은 MBTI라는 성격유형 테스트를 응용한 지표입니다. 요즘, 인간계에서는 공감력이 화두입니다. 상대방과 원만한 공감을 갖기 위해 많은 사람이 '나는 누구?'라고 물으며 자신이 어떤 인간인지 알고 싶어 합니다. 자신이 먼저 누구인지 알아야만 상대방과의 관계에서 오해하지 않고, 깊은 공감대를 형성할 수 있습니다. 많은 젊은이가 무당집, 점집, 타로점 집을 다니거나 심리 및 적성 테스트를 해보는 것은 성공의 길을 찾으려는 욕망 때문이기도 하지만, 타인과 어려운 관계를 해결하기 위해서일 것입니다. 젊은이들이 가장 많이 하는 MBTI라는 성격유형 테스트가 있습니다. MBTI는 구스타프 융의 심리유형 이론을 바탕으로 개발된 성격유형 지표입니다. 자기 생각이나 행동방식에 대해 직접 대답할 수 있는 객관식 문항들로 이뤄져 있고, 결과가 네 가지 지표 즉, 외향(E)/내향(I), 현실(S)/직관(I), 사고(T)/감정(F), 판단(J)/인식(P) 중 각각 어디에 속하는지에 따라 알파벳 조합이 이뤄지며, 총 16개의 성격유형으로 나누어지죠. 개인이 인식하고 판단하는 방식이 서로 다르면 선호하는 경향도 다르고, 이에 따라 반응하고 행동하는 양식이 다르게 나타날 수 있는데, MBTI는 꽤 오래전부터 상담센터나 기업의 인사 부문에서 활용되곤 했습니다. 하지만 16개 유형으로 모든 사람을 구분해 낸다는 한계와 피검사자의 상황이나 감정 상태, 검사 시기 등 여러 요소에 따라 결과가 달라질 수 있다는 점 때문에, 전문가들은 이 검사결과가 신뢰도나 타당성이 부족하다고 말하기도 합니다. 저희가 16개의 성격유형을 48개로 늘린 것도 신뢰도와 타당성을 높이기 위해서입니다. 어느 부분에서 어떤 성격유형을 늘렸을까요?"

아무도 이 질문에 답변하지 못한 채 서로의 눈만 껌벅껌벅 바라볼 뿐이었다. 나는 참석자들을 살펴보며, "제 질문에 대한 답은 인간들의 MBTI를 좀 더 설명하고서 말씀드리겠

푸른 사과의 비밀

다”라고 말했다.

"MBTI로 분석해볼 때, 제 짐작으로 파스칼의 유형은 셰익스피어와 같아요. 마음이 따뜻하고 이해심이 많은 편이죠. 조용한 편이며 자신과 관련된 일에 대한 책임감이 강하고 성실하고요. 또한, 자신이 지향하는 이상과 가치에 대해선 정열적인 신념을 지니고 있습니다. 파스칼의 유형은 자신이 지닌 내적 성실성과 이성, 깊은 감정과 부드러운 마음을 좀처럼 표현하지 않지만, 그 참모습이 조용하고 잔잔하게 생활 속에서 묻어납니다."

파스칼은 내 설명에 만족스러운 표정을 지으며 고개를 끄덕였다.

"이런 유형이 좋아하는 경구는 '네가 옆에 있어도 나는 네가 그립다', '네 눈에 보이는 것만이 전부가 아니다! 열망하라! 그러면 온 우주가 너를 도울 것이다!'입니다. 개인적으로 저는 이런 유형을 좋아합니다."

파스칼이 나를 향해 엄지척을 했다. 피식 웃음이 나왔다.

쇼브 아저씨는 이해가 잘 안되는 듯 고개를 흔들었다. 나는 그의 게슴츠레한 눈을 바라보면서 말을 이었다.

"제 또래들, 그러니까 요즘 젊은이들은 이 MBTI를 맹신하다시피 합니다. 친구들 간에 서로의 MBTI 결과가 대화의 소재가 되고, 학교에서도 친구들끼리 MBTI 결과를 공유합니다. 처음 만나는 사이에서도 마치 이름이나 직업을 묻듯 상대의 MBTI 유형을 묻고요. SNS에서는 'MBTI 연애 유형', 'MBTI 친구 유형' 등 각종 테스트가 공유되고, 그 결과를 개인 SNS에 다시 공유하며 댓글로도 대화합니다. 또한 '가장 시끄러운 조합', '무인도에서도 살아남을 조합', '절대 싸우지 않을 조합' 등 MBTI 유형으로 친구 관계를 유추하기도 하고, 모든 유형별 관계를 표로 만든 'MBTI 궁합표'까지 있을 정도예요. 심지어 'MBTI별 어울리는 명품 브랜드', 'MBTI별 추천하는 넷플릭스 영화' 등 MBTI를 마케팅에 활용한 콘텐츠까지 나오고 있습니다."

나는 건너편 자리에서 양팔을 괸 채 흡족한 표정을 짓던 파스칼을 향해 질문했다.

"이 성격유형 지표가 젊은이들 사이에 유행하는 이유는 무엇일까요?"

니콜라는 갑작스러운 나의 질문에 당황한 듯, 어깨를 올리며 고개를 저었다.

"현대 젊은이들은 아침부터 저녁까지 뭔가에 쫓겨 모두가 잠시도 넋 놓을 시간조차 없이 바쁘게 지내고 있습니다. 남에 관해 관심을 가질 여유가 없지만, 그 누구도 나 자신에 대해 깊이 알려 하지 않습니다. 타인과의 관계 속에서 나 자신의 성격과 정체성이 형성되는데, 서로의 무관심 속에서 내가 누구인지 자신 있게 말할 수 있는 사람이 얼마나 될까요? MBTI 열풍은 타인과의 관계에 서툰 젊은이들이 왠지 모를 답답함과 삭막함 속에서 방황하는 나 자신을 찾고자 하는 욕망의 표현이라 할 수 있습니다."

나는 스티브 잡스처럼 나도 모르게 엉덩이를 책상에 걸친 채 잠깐 뜸을 들였다. 모두가 나를 응시하는 모습을 보면서 오른손으로 머리카락을 뒤로 넘기며 말을 이었다.

"하지만 인간 사회의 성격유형 지표인 MBTI에서 간과하고 있는 부분이 있습니다. 인간의 변화 속도만큼이나 빠르게 진화하는 동물이나 여타 생명체와의 공감 정도입니다. 우리 주변의 반려견과 반려묘를 보십시오. 반려인과 집사가 기뻐하거나 슬퍼할 때 자기 일처럼 늘 함께하잖아요. 물론, 뱀파이어 여러분과 인간 간의 공감도 중요합니다."

아 참, 나는 순간적으로 뱀파이어들도 반려견이나 반려묘와 함께 사는 즐거움을 알고 있을까 하는 생각이 들었다.

"이제, 저희가 개발한 '뱀파이어와 인간 간 성격유형별 공감력 증강지표(VH-MBTI)'를 설명하기 전에 인간사회에서 유행하는 MBTI를 체험해볼까 합니다. MBTI에서 자신의 유형을 확인하고 유형에 따른 행동 패턴과 사고방식을 평소의 자신과 비교해 봅시다. 그런 과정에서 잘 몰랐던 자신을 알아가고, 내가 어떤 상황에서 어떤 가면을 꺼내어 쓰는지도 깨닫게 되거든요. 그리고 자신의 성격유형을 확인하면서 나머지 15개의 유형도 알게 됩니다. 하지만 같은 상황이라도 사람마다 정보를 인식하고 판단하는 방식, 표현 방법이 전혀 다를 수 있다는 사실을 알게 됩니다. 타인에게 화가 나고 갈등이 벌어지는 것은, 대체로 내가 세상을 이해하는 방식으로 상대도 그 세상을 이해한다고 여기기 때문입니다. 나와는 완전히 다른 인식과 판단의 방식이 존재한다는 사실을 깨닫는 일은 타인을 깊이 이해하고 세상을 지각하는 또 다른 지평을 열어줍니다."

나는 갑자기 나 자신이 너무 현학적이라는 느낌이 들었다.

"제 설명이 좀 어렵지 않나요?"

"전혀. 재밌는걸! 다만, 네가 참 똑똑하다는 게 갑자기 느껴져."

니콜라는 미소 지으며 말했다. 나는 계속해서 잘난 체를 했다.

"정신분석학자 자크 라캉을 좀 인용하겠습니다. 그는 '거울 단계 이론'에서, 어린아이가 거울에 비친 자기 이미지를 보고 자신의 존재를 깨닫게 되는데 이는 동시에 거울 속 이미지, 즉 외부 이미지이자 타자의 존재를 통해 자기 자신을 인식하는 것이라고 했습니다. 거울이 없을 때도 물론 인간은 존재하지만, 자기 자신을 인식하는 데에는 타자가 필요하다는 얘기죠. 스스로 존재하는 것 같지만, 사실 타자 속에서 자신을 더 도드라지게 발견하는 것이 인간이라는 얘기입니다. 그 때문에 현대인들은 MBTI로 자신의 성격유형만을 확인하는 것이 아니라, 나머지 유형들과 자신의 다른 점을 확인하고, 가족이나 친구, 동료들의 유형과 그들의 행동 패턴을 이해하며 서로를 알아가고 나아가 자신의 존재를 더 선명하게 받아들입니다."

나는 고개를 끄덕이는 심리학박사 출신의 카레를 보고 왠지 자신감을 얻었다.

"어렵지 않죠? 조금 어렵다면, 쉬운 예를 들어보겠습니다. 파리 취향의 파스칼이 카페에 가서 '늘 마시던 거로 주세요. 샷 2잔으로'라고 말한다면, 그건 변화를 싫어하는 ISTJ 형의 전형이고 니콜라가 '아이스 캐러멜 마키아토 한 잔 주세요. 아니다. 두 잔 주세요. 아, 그냥 네 잔 주세요. 예쁜 잔으로 주시고요. 테이크아웃으로 주세요. 날씨도 좋은데…'라고 말한다면 좀 변덕스러운 ENFP 형이라고 할 수 있습니다. 자, 여기 계시는 분들은 16가지 유형에서 어떤 유형일까요? 그런데 저희의 VH-MBTI는 뱀파이어와 인간의 관계유형을 모두 48가지 유형으로 세분화하여 정밀도를 한껏 높였습니다. 예를 들면, 파스칼이 뱀파이어로서 '뱀파이어와 인간 간의 관계(V-H)'를 고려해, 카페 직원에게 '오늘 참 고생이 많으시겠어요'라며 공감력(Empathy)를 발휘한다면 +ISTJ형, 니콜라가 '왜 이리 서비스가 엉망이에요'라며 짜증을 내며 하루 종일 힘들게 일한 알바의 고달픔은 나몰라라 한다면(Non-empathy), -ENFJ형이라고 할 수 있을 것입니다. 저희 뱀파이어들이 48가지 성격유형 중 자신의 유형이 어떤 것인지 잘 알면, 인간과의 공감이 훨씬 쉬워질 것입니다."

학구적인 쇼브와 카레는 공감력 증강 매뉴얼의 Q&A를 눈이 빠지도록 들여다보고 있지만, 그다지 흥미를 못 느끼는 듯싶었다.

"매뉴얼은 정답이 아닙니다. 어디까지나 매뉴얼일 뿐입니다. 하지만 아프고 상처받은 젊은이들과 만나서 매뉴얼을 응용하면 멋진 답이 나올 것이라고 생각합니다."

파스칼과 니콜라는 내게 미소를 지으며 손뼉을 쳤다. 셀린은 테이블에 핏빛 와인을 더 꺼냈고, 예쁜 샐러드 볼에 비트,

당근, 토마토, 체리, 붉은색의 과일과 야채를 가득 담아 놓았다.

　우리들의 늦은 만찬은 새벽 1시까지 이어졌다. 수빈이와 나는 마치 약속이라도 한 듯, 휴대폰을 꺼냈다.

　학교 앞 스터디 카페에서 좀 더 공부하다가 갈게요.

　내가 엄마에게 문자를 보내자, 수빈이는 내 휴대전화를 들여다보며 그대로 똑같이 베껴서 자기 엄마에게 보냈다. 우리는 서로를 흘낏 바라보며 공범의 미소를 지었다.

　수빈이는 뱀파이어들과의 대화가 흥미로운지 내내 재밌어하는 표정을 지었고, 나는 그런 수빈의 모습을 즐겁게 바라보았다.

　진동 모드로 설정해놓은 휴대폰이 울렸지만, 나는 화기애애한 분위기를 깨고 싶지 않아 받지 않았다. 얼마쯤 지나서 문자 알림이 울렸다.

　우등생 우리 딸! 너무 무리하는 거 아냐? 쉬어가며 공부해. 엄마는 피곤해서 먼저 잘게. 집에 오면 꼭 양치하고, 씻고 자.

새벽 3시였다. 나는 하품과 함께 기지개를 켜고 참석자들에게 꾸벅 인사를 한 뒤, 수빈이와 함께 나왔고 니콜라가 뒤이어 살며시 빠져나와 우리 둘을 에스코트했다. 참석자들은 다음 날 저녁 총회에서 논의할 내용에 관해 열띤 토론을 이어갔다.

　니콜라의 딱정벌레차에 오르자, 그는 우리를 태우고 뒷길로 돌아 강변도로를 타고 잠두봉 터널을 천천히 관통했다. 터널 위로 절두산 성당의 십자가가 얼핏 보였다.

　"우리가 지나는 이 터널의 벽 안쪽에는 우리만의 비밀 아지트가 있지. 이 터널이 절두산 성당과 선교사 묘원의 아래를 관통하는데, 수십 년 전, 굴착기가 하마터면 우리의 아지트를 무너뜨릴 뻔했어. 내일, 아니 오늘이겠군. 이따 저녁때 총회를 이곳 아지트에서 열거야. 출입문은 터널 위의 성당 쪽에 나 있는데, 파스칼이 비밀 열쇠를 갖고 있어."

　니콜라가 비밀 아지트의 존재를 밝히자, 호기심이 발동했다.

　"뱀파이어 100명을 모두 수용할 수 있어요?"

　"그러고도 남지. 500명도 넘게 수용할 수 있을걸."

이어 수빈이 질문했다.

"누가 언제 이런 아지트를 만들었어요?"

"역사가 좀 길어. 내가 한국 역사를 잘 알진 못하지만, 조선의 불교탄압을 피해 고려 말 스님들이 땅굴을 팠다가, 그 뒤에 병자호란과 임진왜란 때 백성들이 전란을 피해 땅굴을 더 넓게 팠고, 영조와 정조, 흥선대원군 때 천주교 신자들이 다시 이곳을 이용하면서 지금의 아지트를 만든 셈이지."

이번엔 내가 질문을 했다.

"왜 파스칼이 비밀의 문 열쇠를 갖게 된 거예요?"

"파스칼이 이곳 문지기였거든."

"문지기요?"

"이따 저녁에 오면 자초지종을 어느 정도 알게 될 거야."

파스칼의 비밀이 궁금했으나 니콜라는 더 자세한 얘기를 하지 않았다.

그의 딱정벌레차는 수빈이네 집을 거쳐 어느새 우리 동네에 도착했다.

나는 그에게 아파트 단지를 세 바퀴 더 돌아 달라며, 한 가지 궁금증을 물었다.

"제 꿈에 파스칼과 니콜라가 나타나서 저에게 읽을거리를 주기도 하고 저와 대화를 많이 나누잖아요. 근데 어디까지가 현실이고 어디까지가 꿈인지를 잘 모르겠어요. 꿈속의 일이긴 하지만, 깨어보면 진짜 현실의 일을 겪은 것처럼 피곤하기도 해요. 이따가 꿈에 나타날 건가요?"

"그건 네가 우리의 텔레파시를 그대로 흡인하는 강한 공명력(共鳴力)을 지녔기 때문이야. 네 뇌의 파동은 다른 이들과 다르게 우리 뱀파이어와 흡사해서 언제 어디서든 우리와 서로 통하거든."

니콜라의 말에 의문이 생겼다.

"공명력이라고요? 수빈이도 꿈속에서 니콜라와 파스칼, 셀린을 만날 수 있을까요?"

"그건 쉽지 않을 거야. 수빈이가 우릴 만나는 꿈을 꿀 순 있지만, 그건 꿈일 뿐이야. 현실과 단절된 꿈인 거지."

"왜요? 저는 꿈과 현실이 이어지는데…."

"그건 민주가 평소에 상대방의 감정을 울리는 탁월한 공명력을 지녔기 때문이야."

니콜라의 설명에 알쏭달쏭한 느낌이 들었다.

"가끔, 꿈속에서 니콜라와 파스칼의 도움을 받아 공부를 한 뒤 현실로 돌아오면 나 자신의 머리에 지식이 꽉 찬 기분이에요. 마치 저만의 뇌피셜 같은 느낌말이에요. 그런데 이상하게도 그 결과가 진짜 현실로 나타나는 거예요. 제가 전교 1등을 한 것과 각종 대회를 휩쓴 것, 그리고 토론이나 대화에서도 그렇고요….”

“네가 꿈꾸는 것은 모두 현실의 연장이야. 전혀 걱정하지 않아도 돼. 그냥 자연스럽게 일상을 즐겨!”

“그럼 이따가 제가 꿀 꿈에서는 어떤 얘기를 해주실 거예요?”

“오늘 꿈에서는 만나기 힘들 거야. 파스칼과 나는 이따가 개최될 총회를 준비하느라 비밀 아지트를 청소해야 하거든. 오랫동안 사용하지 않아서 말이야.”

니콜라의 딱정벌레차는 나를 아파트 정문에서 내려준 뒤 어둠 속으로 사라졌다.

엘리베이터가 12층에 멈추자 나는 층간 소음을 피해 고양이처럼 뒷발을 들어 살금살금 현관문의 비번을 누르고 문을 열었다. 어느새 아담이 꼬리를 흔들면서 나를 반겼다.

눈치 빠른 녀석은 엄마가 깨어날까 컹컹 짖는 대신에, 내 옷에 코를 킁킁 대면서 고개를 갸웃거렸다. 아무래도 내 몸에 짙게 뿌린 레몬 향이 녀석의 코를 자극한 듯했다.

냉장고에서 닭가슴살 간식을 꺼내 녀석에게 던져둔 뒤 엄마가 평소 당부한 대로 이를 닦고, 손과 발, 얼굴을 씻은 뒤에 엄마가 잠든 침대 속 이불에 슬그머니 기어 들어갔다.

내가 진짜로 밤을 잊은 뱀파이어가 된 걸까? 거의 30분이 지나도록 잠이 오지 않았다.

아담을 꼭 안은 채 다시 거실로 나와, TV를 무음으로 켜고 넷플릭스에서 프란시스 포드 코폴라 감독의 영화 〈드라큘라〉를 찾아본 뒤 유튜브에 올라온 뮤지컬 〈드라큘라〉를 감상했다. 뮤지컬 속의 드라큘라는 내가 좋아하는 중저음의 목소리에 로맨틱한 신사의 분위기를 지녔다.

적어도 내 눈에는 말이다. 새벽 4시에 드라큘라 뮤지컬이라니…. 조금 오싹한 느낌이 들어 커튼을 모두 내렸다.

15세기경, 루마니아의 성주인 드라큘라가 자신이 숭배하는 교회와 사랑하는 아내를 지키기 위해 자국을 침략해 온 오스만 튀르크의 군대와 싸워 이를 격퇴하자, 이에 앙심을 품은 튀르크인들이 드라큘라가 전사했다는 거짓 편지를 드라큘라의 성에 보냈는데, 이에 충격을 받은 드라큘라의 아내 엘리자베스는 스스로 강물에 뛰어들어 자결하고 만다.

뒤늦게 돌아와 이를 알게 된 드라큘라는 크게 슬퍼하며 좌절했다. 특히 성직자로부터 자신의 아내가 자살한 탓에 그 영혼이 구원받을 수 없게 되었다는 사실을 전해 듣고는 분노하여 "이게 교회를 위해서 피 흘려 싸운 나에 대한 주님의 대가란 말이오?"라며 스스로 신을 저주하고는, 악마에게 영혼

푸른 사과의 비밀

을 팔아 뱀파이어가 되고 만다.

드라큘라는 자신의 성에 은둔하며 지내다가, 자신의 아내가 조녀선의 약혼녀 미나로 환생했다는 사실을 눈치채고는 조녀선을 불러들여 성에 감금한다.

이어 드라큘라는 바다를 건너 영국으로 건너가 사랑의 세레나데를 부르며 미나를 유혹한다.

내 혀끝에 붉은 입술
우윳빛 그대 살결
내 가슴에 녹아들어
불멸의 맛을 느껴
다 너를 위한 축제
피하지 마

상상 못할 짜릿한 꿈
널 사로잡아 줄게

끝이 없는 쾌락의 밤
온몸을 핥아주지

네 몸의 모든 욕망

채워줄게

끝이 없는

영원한 춤

영원한 노래

영원한 젊음 속에

미나는 드라큘라를 처음 봤을 때는 꺼리지만, 차츰 자신의
전생에 관한 기억이 돌아오게 되면서 드라큘라를 사랑하게
된다.

이제 분명해졌어

마음속 의문 사라지네

가슴은 이미 알고 있었던

내가 가야 할 마지막 길

이제 다 알 것 같아

마음의 소리 선명하네

운명을 피해 왜 싸웠는지

나 이제 그대 앞에 있죠

푸른 사과의 비밀

나의 마음의 빛

태양이 아니라

그대 눈빛

그 사람만이 내 마음을 밝게 해.

드라큘라 성에서 어렵게 도망쳐 나온 조너선과 결혼하면서도 여전히 드라큘라를 잊지 못하는 미나는 친구 루시를 죽인 범인이 드라큘라라는 사실을 알게 되지만, 그를 사랑하는 마음이 변하지 않아 그와 함께 하기로 결심한다.

돌이킬 수 없는 선택

지옥을 향한 첫걸음

영혼을 팔아 그대 곁으로

영원히 몸과 마음을 맡겨요

내 사랑을 위해

다 버릴 수 있어

때늦은 확신에

이제야 행복해.

미나는 드라큘라에게 자신의 목을 깨물도록 내주고 그의

피를 마시며 그와 하나됨을 느낀다. 구원의 방식은 비극적이었다. 미나는 드라큘라의 가슴에 은장도를 찌르고, 목을 벰으로써 저세상에서 그가 비로소 엘리자베스의 혼과 만날 수 있게 해준다.

영화와 뮤지컬이 끝난 뒤 나는 미나와 조너선이 너무 불쌍하고 서글프게 느껴졌다. 이승과 저승 사이에서 이도 저도 아닌 존재가 되어버린 미나, 그리고 아내의 고통에 가슴 아파하는 그의 남편 조너선은 어떻게 구원받을 것인가?

영화에서는 나의 질투심을 유발하는 위노나 라이더와 내가 좋아하는 키아누 리브스가 고통받는 모습이 안타까웠다. 나는 드라큘라의 능력을 유심히 살폈다. 햇빛을 받아도 힘이 조금 약해질지언정 타 죽지 않고 잘 돌아다니며, 연기나 이슬, 늑대인간, 박쥐 등으로 모습을 바꿀 수도 있고, 중력을 무시한 채 벽을 기어오를 수도 있고, 젊은 미남으로 변신할 수도 있었다.

드라큘라와 뱀파이어의 공통점과 차이점은 무엇일까? 둘 다 인간의 피를 마시는 같은 취향을 갖고 있는데, 합정동의 뱀파이어들도 드라큘라와 비슷한 능력을 갖춘 것일까? 또 인간계와 뱀파이어계의 경계선에 있는 나의 능력은? 내 생각은 꼬리에 꼬리를 물었다.

자살 직전의 나를 구하면서 내 앞에 나타난 파스칼은 혹시 전생의 내 연인이 아니었을까? 파스칼은 드라큘라처럼 십자군 전쟁의 지휘자였을까? 내가 늘 가고 싶어 하던 지중해 연안 국가의 왕자였을까? 고개를 들어보니, 어느새 커튼 사이로 푸른 새벽이 내비쳤다.

절두산 기슭의 비밀 동굴

애써 눈을 감고 주문을 건 뒤에 주문을 몇 차례 거꾸로 반복했다. "사바하, 사바하, 수리수리 사바하, 이제, 눈을 감아야지. 제이, 지야아감 을눈." 이내 나는 새벽 6시경에 잠에 빠져들었다. 8시 30분, 엄마가 깨울 때까지 깊은 꿀잠을 잤다.

"밥 먹으라"는 엄마에게 "잠이 훨씬 더 맛있었다"고 우스갯소리를 하며, 기지개를 켰다.

오늘은 왠지 기분 좋은 일이 많을 것 같은 생각이 들었다. 학교에서 수업이 끝날 때까지 나는 파스칼과 나의 인연에 대해 골똘히 생각했다.

그건 영화잖아. 더욱이 드라큘라는 소설을 원작으로 삼은 영화일 뿐이잖아. 애써 머리를 흔들면서 수업에 집중하려 했으나 머릿속엔 온통 파스칼에 대한 생각뿐이었다. 내가 파스칼을 좋아하는 걸까? 설마! 하지만 그와 나 사이에 전생의 끈이 희미하게 느껴졌다. 수업이 끝나기가 무섭게 나는 집으로 달려가 샤워를 하고 옷을 갈아입었다.

오늘 모임은 뱀파이어들이 모두 모이는 총회여서 외모와 옷차림에 신경을 썼다. 화장은 꾸민 듯 안 꾸민 듯 자연스럽게 했다. 엄마의 아이섀도로 살짝 초승달 눈썹을 그리고, 입술에도 엄마의 빨간 립스틱을 발랐다. 기왕 이렇게 된 거 아예 엄마의 빨간 원피스까지 빌려 입었다.

엄마는 아직 급식 파트타임으로 일하는 중이어서 내가 엄마 옷을 빌린 사실을 모르겠지만….

이웃집 아줌마와 경비아저씨의 눈에 띄지 않으려고 검은 마스크를 착용하고 노란 양산을 쓴 채 조심스레 나갔다. 다행스럽게도 아무와도 마주치지 않았다.

아파트 앞의 버스 정류장에서 합정역행 버스를 기다리는데 10분이 지나도록 오지 않아, 10분 거리에 있는 전철역까지 가서 지하철을 탔다. 합정역에서 내려 8번 출구로 나가는데 나처럼 검은 마스크를 낀 이들이 레몬 향을 풍기며 내게 미소를 지었다. 뱀파이어들이었다! 오늘 밤 9시에 개최될 '망원동 선언' 5주년 기념행사의 참석을 위해 전국의 뱀파이어들이 속속 모여들고 있었다.

어제 니콜라가 일러준 대로, 나는 파스칼의 아지트가 아닌 절두산 성당 쪽으로 향했다. 연초록빛 느티나무들이 화려한 모습으로 죽 늘어서 있는 골목길을 따라 양화진(부록 15편 참조) 홍보관과 100주년 선교기념관을 지나니 은방울수선화, 눈바람 꽃, 꽃 잔디, 그리고 이름 모를 예쁜 꽃들이 방긋 웃고 있었다. 행사 시작까지 아직 시간이 남아 있어 나는 검은 마스크를 낀 뱀파이어들 속에 섞여 성당 아래의 언덕에 조성된 양화진 외국인 선교사 묘원에 가 보았다.

뱀파이어 일행 하나가 "이곳에 순교성인 28위의 유해가 안치된 지하 묘소가 있다"고 말해, 몇 명은 성호를 긋고 참배를 했다. 나도 그들을 따라 행동했다. 행사장소인 순교자 기념 성당이 가까워지자 검은 마스크를 착용한 뱀파이어들로 북적댔다. 얼마 전에 파스칼이 뱀파이어의 마스크를 검정색으로 정한 덕분에 뱀파이어들을 쉽게 판별할 수 있었다.

행사 시간 9시가 가까워지자 점차 인간들이 주로 착용하는 하얀 마스크가 자취를 감추고 검정 마스크가 눈에 띄었다. 뱀파이어들은 둘 셋씩 무리를 지어 벤치에 앉아 소곤소곤 잡담하기도 하고 성당 곳곳을 들여다보기도 했다. 모임 장소가 엄숙한 성당인 탓인지, 모두가 진중하고 신중한 태도를 보였다.

100명이나 되는 인원이 대체 어디에서 모일 수 있을까? 궁금증이 일었지만, 내가 초보뱀파이어라는 사실을 밝히고

싫지 않아 아무에게도 묻지 않았다.

어디서 나타난 건지 니콜라가 내 소매를 잡아당겼다.

"민주, 이쪽으로 와. 파스칼과 셀린이 기다리고 있어."

니콜라는 나를 데리고, 성모마리아가 두 손 모아 기도하는 성모동 굴을 지나서 형구돌 앞에 섰다. 파스칼이 짐짓 심각한 표정을 지으며 성호를 긋고 있었다.

"저 형구돌은 병인박해 때 흥선대원군의 지시로 천주교 신자들에게 교수형을 집행하기 위해 고안된 잔혹한 도구야. 돌 가운데의 큰 구멍에 올가미가 엮어져 있잖아. 생각만 해도 끔찍한 기분이야. 저 돌을 밀면 비밀 아지트로 향하는 비밀의 문이 나오지. 같이 밀어 볼까?"

"저 무거운 돌을 밀어요?"

"그래서 너를 데려온 거야. 힘 좀 쓸 것 같아서 말이야."

"아직 저녁도 못 먹은걸요."

"아지트에 들어가면 먹을 게 다 준비되어 있어."

파스칼은 나를 보더니 미소 지었다.

"오늘 새벽에 회의 장소와 만찬 장소를 다 정리했으니 별로 할 일은 없을 거야. 우린 미리 가서 준비해야지."

파스칼 옆의 셀린은 출석부와 필기도구가 든 에코백을 들고 있었다. 에코백 앞면에는 푸른 사과 그림과 함께「착한 뱀

인간과 뱀파이어 간의
평화적 공존을 위한 '망원동 선언' 부록 15편

나는 파스칼이 건네준 '망원동 선언' 부칙에서 양화진의 역사를 찾아 읽었다. 처음에는 가볍게 읽었으나, 나중에는 가슴이 먹먹하고 목이 멨다.

「우리 뱀파이어들에게 양화진은 특별한 공간이다. 양화진은 단어 그대로 풀이하면 버드나무 꽃이 흐드러지게 핀 나루터라는 뜻이지만, 양화진 묘원에는 우리의 슬픈 역사를 말해주는 듯, 철쭉꽃들이 흐드러지게 선홍빛 피를 뿌린다. 이곳은 신의 성지이면서도 우리 뱀파이어의 기원의 공간이기도 하다.

정약종이 아우구스티노로 세례를 받아 형제인 정약전 정약용과 많은 사람들을 신의 섭리로 인도하다가 1801년 신유박해 때 체포되어 서소문 밖에서 참수되어 순교한 뒤, 이곳 양화진에서 1866년부터 1871년까지 천주교 박해가 다시 일어났다. 수천 명의 피를 뿌린 이 박해는 수차례 간헐적으로 계속되었다. 병인박해는 병인년인 1866년 한 해의 박해를 가리키는 것이 아니라 그 뒤 6년간에 걸친 박해를 모두 지칭한다. 특히 고종의 아버지 흥선대원군이 집권하던 시기에 천주교에 대한 박해가 가장 심했다. 원래 천주교에 대해 너그러웠던 대원군이 나중에 천주교 박해령을 선포하고 장기간에 걸쳐 박해를 강행하게 된 데에는 서양세력의 침략적 접근에 따른 국가적 위기의식과 정치적 반대세력의 비난에서 벗어나 정권을 계속 유지하기 위한 방책이 숨어 있었다. 대원군은 천주교 탄압에 나서, 베르뇌 주교 일행을 포함해 수천 명을 학살했다. 이렇게 박해가 심해지자 피신해 있던 신부 리델은 7월 조선을 탈출, 청나라의 톈진으로 가서 프랑스 동양함대 사령관 로즈에게 구원을 요청하게 되었다. 이에 로즈는 10월에 7척의 군함을 이끌고 프랑스 선교사들의 학살 책임을 묻는 무력시위를 벌이는 병인양요가 발생했지만, 오히려 대원군의 분노를 부채질했다. 대원군은 국가적 위기의식을 고조시키면서 천주교도를 악마의 무리로 내세워 수많은 천주교인을 처형했다. 특히 이때 이곳 절두산에서는 수천 명의 천주교인이 칼에 베이고, 목이 잘려, 온 천지에 피비린내가 진동했다.

조선 말기인 1890년(고종 27년) 미국 장로교의 의료선교사로 한국에 와서 활동하다 전염성 이질로 사망한 존 헤론의 매장지를 찾다가, 서울의 외국인들이 한강 변 가까운 양화진을 외국인의 공동묘지로 허가해 줄 것으로 정부에 요청하여 묘원을 조성하게 됐다. 일제 강점기, 6·25 전쟁을 거치면서 묘원은 많이 황폐해졌으나 1985년 이후 한국기독교 선교 100주년기념교회가 관리를 맡아, 현재 415명의 유해가 안정되어 있다. 시간이 흘러, 1968년에는 병인박해 기간에 순교한 24명이 복자(福者)로, 1984년에는 성인으로 오르게 되었고, 이제는 이 땅의 많은 사람이 주님의 은총을 받아 평화와 번영의 삶을 살고 있다. 하지만 이곳 양화진은 우리 뱀파이어에게도 슬픈 역사의 현장이다.」

파이어는 에코백을 맨다」가 찍혀 있었고, 뒷면에는 망원동 5대 강령이 빼곡히 적혀 있었다. 나중에 셀린에게 '저 에코백을 하나 달라고 해야지'라고 생각하는데, 니콜라가 대뜸 "여기 좀 밀어줘"라고 소리를 질렀다.

파스칼과 니콜라와 나는 힘껏 형구돌을 옆으로 밀었다.

너무나 평범하고 낡은 철판이 나왔다.

가로 세로로 1미터 남짓의 크기였다.

파스칼은 긴 열쇠를 철판 아래의 틈새에 꽂고서 오른쪽으로 세 번 돌린 뒤, 다시 살짝 뺏다가 다시 왼쪽으로 두 번 돌려서 철판을 열어젖혔다.

니콜라가 먼저 조심히 들어갔고, 파스칼이 뒤를 이었다.

나와 셀린은 철판을 열어젖힌 사각형 구멍 옆에 '팍스 뱀피르(Pax vampire)'라는 팻말을 세워 뱀파이어 전용 임시 출입구임을 표시했다.

저녁 9시가 되자 검은 마스크를 낀 뱀파이어들이 하나 둘씩 찾아왔다.

셀린은 금빛 출석부에 이름을 빠짐없이 기록했다.

푸른 사과의 비밀

"마테, 사오핑, 후세인, 마즈다, 끼까, 종언, 미린, 왕후이…."

참석자의 이름들은 다양했다.

검은 마스크를 낀 뱀파이어들은 모두 엇비슷했지만, 이름은 출신 국가별로 다채로웠다.

나는 뱀파이어들이 인간에게 들키지 않고 입구에 잘 들어갈 수 있도록 망을 보았다.

산책하는 사람 중에 더러 호기심이 많거나, 길눈이 어두운 이들이 한적한 이곳까지 왔다가 비밀의 문으로 들어가는 뱀파이어들을 보게 되면 자칫 기절초풍할 수도 있기 때문이다.

다행스럽게도 인간들은 보이지 않았다. 뱀파이어들이 모두 비밀의 문에 들어간 뒤에 셀린은 내게 손짓을 하여 임무 완료를 알렸다. 나는 출석부를 부탁해서 참석 명단을 살펴본 뒤 미기재 이름을 지적했다.

"셀린, 내 이름이 없어!"

"아 깜박했어. 네 이름도 적고 내 이름도 적어야지."

셀린은 출석부 마지막 칸에 볼펜으로 민주, 셀린이라고 꾹 눌러쓰면서 한마디 했다.

"오늘 참석자는 모두 100명이야!"

"아냐. 내 친구 수빈이도 올 거예요. 내가 초대했거든요.

파스칼도 동의했어요."

잠시 뒤에 수빈이 헐레벌떡 뛰어왔다.

"그럼, 모두 101명이네!"

셀린은 나와 수빈을 데리고 임시출입구를 폐쇄한 뒤 비밀
의 문에 들어섰다.

비밀의 문을 열고 한발씩 내디딜 때마다 진한 레몬 향과
포도주 냄새가 동시에 내 코를 자극했다. 입구에서 10미터까
지는 폭 1미터의 좁은 길로 1미터 간격으로 놓인 촛불이 길
을 밝히다가, 이내 넓은 광장이 나타났다. 광장에는 20여개
의 원탁 테이블이 놓여 있고 각 테이블에는 5명씩 앉았으며,
테이블 위에 놓인 적포도주와 빨간 채소, 고소한 통밀빵의
냄새가 미각을 자극했다. 광장 가운데 한쪽에는 별도의 고풍
스러운 테이블과 의자가 놓여 있었다. 아마도 파스칼의 자리
인 듯했으나, 파스칼은 보이지 않았다.

셀린은 나를 이끌고 제일 맨 앞줄의 가운데 테이블에 앉
아있는 니콜라의 옆자리로 안내한 뒤, 어디론가 사라졌다.

아마도 비밀의 방에서 잠깐 쉬고 있을 파스칼을 마중하러
간 것 같았다. 미리 도착해 같은 테이블에 앉아있던 쇼브와
카레가 내게 반갑게 악수를 청했다. 니콜라는 일어나 광장
맨 앞의 사회자 자리로 옮겼다. 광장 곳곳에는 촘촘하게 배

치된 은촛대에서 촛불이 어둠을 밝혀 뱀파이어들의 얼굴을 확인시켜 주었다.

테이블마다 뱀파이어들이 와인과 음식을 즐기고 있었다. 어느 정도 분위기가 익어갈 때쯤에 니콜라가 일어나 말을 꺼냈다.

"이제 시작할까요? 모두 잔을 채워서 브라보를 외칩시다. 제가 선창하면, 여러분은 복창해 주십시오! 인간과 뱀파이어의 평화적 공존을 위하여, 그리고 우리 뱀파이어들의 영원한 안녕을 위하여, 이 땅에 하루빨리 사악한 기운과 전염병이 물러나길 기원합시다. 팍스 밤피르(Pax vampire!)."

"팍스 밤피르!"

모두가 일어나서 와인잔을 서로 부딪치며 평화와 안녕을 기원했다.

니콜라는 이어 말을 계속했다.

"오늘은 우리가 인간과의 평화 공존을 약속한 망원동 선언 5주년이 되는 날입니다. 그동안 우리는 인간과 더불어 살면서, 더 이상의 살생이나 인간 흡혈이 아닌 비건주의적인 삶을 실천하고 인간의 아픈 상처를 어루만지며 인간과의 공리공생을 도모해 왔습니다. 시행착오도 많았지만, 선언문 채택 이후 뱀파이어의 수는 5년째 99명을 유지해왔습니다."

나는 니콜라를 바라보며, 오른쪽 집게손가락으로 내 얼굴을 가리키고 "왜 나를 빼?"라고 어필했다. 니콜라는 고맙게도 나를 응시하며 덧붙였다.

　"저기 저, 아직 인간계와 뱀파이어계의 경계에서 우리 세계에 깊숙이 발을 내디딘 민주 님을 합하면, 꼭 100명이 되는 셈입니다. 오늘은 특별히 민주 님의 친구 한 분이 옵서버로서 행사를 축하해주기 위해 참석하셨습니다."

　모든 뱀파이어들이 나의 존재를 궁금해 하는 것 같았다. 나는 일어나서 90도로 배꼽 인사를 했다. 수빈도 일어나 수줍은 듯 쑥스러운 미소를 지었다. 여기저기서 박수 소리가 나왔다.

　니콜라는 잠시 호흡을 가다듬은 뒤 말을 계속했다.

　"민주 님은 오늘 총회에서 발표할 공감력 증강 매뉴얼의 리플릿을 작성하는데 큰 공헌을 했습니다. 우리 뱀파이어들이 상처받고 좌절하는 많은 젊은이들을 자살의 늪에서 건져냈지만, 그들이 왜 계속 살아야 하는지를 설득하지 못했습니다. 그로 인해 우리가 어렵게 구해낸 젊은이들의 자살 시도가 자꾸 반복되면서 우리의 대의가 위협받고 있습니다."

　나는 니콜라의 발언을 들으면서, "대의라니? 쉬운 말로 할 수 있는 것을 왜 저리 어렵게 말하는 거지"라고 생각하는데,

수빈이 내 어깨를 툭 치며 귓속말을 했다.

"진짜 멋있다! 네가 뱀파이어라니…. 어쩐지 네가 좀 이상하게 느껴지더라. 시간 되면 내 목 좀 깨물어줘!"

나는 수빈의 손을 꼭 잡고서 미소를 지어 보였다.

니콜라는 참석자들을 둘러보면서 말을 이었다.

"여러분의 테이블에 놓인 푸른 사과 그림의 리플릿에는 그동안 공감력 증강팀이 이런 중대한 문제의식을 느끼고서 만든 매뉴얼이 담겨있습니다. 민주 님은 바쁜 고3인데도, 틈틈이 짬을 내어 우리에게 부족한 공감의 상식을 채워주었습니다. 우리는 그동안 아픈 영혼들을 달래준다며 오래전의 교본을 들먹였습니다. 젊었을 땐 고생을 사서 한다느니, 청춘들은 다 아픈 상처를 겪는다느니, 욕망하면 얻는다느니, 네 꿈을 펼치라느니, 실패는 성공의 어머니라느니…. 민주 님과 함께 작업하면서 우리는 매사에 폼 만 젤 줄 아는 꼰대라는 걸 깨달았습니다."

참석자들은 니콜라의 강성발언에 웅성거렸다.

"우리더러 꼰대라니?"

"아프니까 청춘인 거지!"

"뭔가를 얻으려면 강하게 욕망해야지."

니콜라는 피식 웃으며 말을 이었다.

"오늘 총회가 끝나면 모두 돌아가서 매뉴얼을 백 번, 천 번 외우시길 바랍니다. 매뉴얼에는 여러분이 스스로 나는 대체 누구인가라며 깨닫게 하는 질문도 있으니, 성실하게 답변하시길 바랍니다. 나 자신이 누구인지 알아야만 타인을 잘 설득할 수 있고, 타인과 공감을 더 잘 할 수 있을 것입니다."

이윽고, 셀린의 에스코트를 받으면서 파스칼이 입구 쪽에서 행사장으로 걸어오는 모습이 보였다. 파스칼은 하얀 블라우스에 검은색 망토를 입고, 뾰족 검은 가죽 구두를 신고서 또각또각 발소리를 내며 광장 앞의 연단 위에 올랐다.

모두가 그를 주목했다.

니콜라는 박수를 유도하면서 파스칼을 소개했다.

"파스칼이 해마다 여러분을 만나 왔지만, 오늘은 망원동 선언 5주년 행사를 기념해 특별한 말씀을 전할 예정입니다. 박수로 청해 듣겠습니다."

푸른 사과의 비밀

인간과 뱀파이어 간의
공감력 증강 매뉴얼

파스칼은 참석자들의 열띤 박수 소리에 흐뭇한 표정을 지으면서 손을 내저어 진정시켰다.

"동지 여러분, 우리 뱀파이어는 어느덧 99명이나 되어 지금과 같은 전염병 시대에 한자리에 모이게 된 게 너무나 감격스럽습니다. 특히 망원동 선언 5주년을 기념하는 이 자리에선 인간과의 공감력을 증강하기 위한 매뉴얼이 배포되었고, 남은 시간에 앞으로 우리가 인간계에 더욱 가까이 다가가는 실천방안을 집중적으로 논의할 것입니다."

파스칼은 참석자들의 얼굴을 하나씩 살펴보며 말을 이었다.

"아주 오래전의 일입니다. 하지만 저는 아직도 기억이 생생합니다. 전설이 아닌 사실을 말씀드리겠습니다. 병인양요를 들어봤겠지요? 그럼 병인박해라는 것도 아실 거라 믿습니다."

아까 파스칼이 뱀파이어의 숫자를 말할 때 나를 빼고 99명이라고 말한 것에 잠시 기분이 언짢았는데, 그가 병인박해를 들먹이자 순식간에 빨려들었다. 역사라면 그나마 내가 좋아하는 과목이지….

파스칼은 한동안 말을 잇지 못한 채 통한의 표정을 지으며 오른손을 치켜들었다.

엄지와 검지로 쥔 열쇠를 보여주었다.

"이건 '비밀의 문'의 열쇠입니다. 저는 원래 이곳 문지기였습니다. 토마스 신부는 주님의 영을 받아 1770년 프랑스를 떠나, 이곳 동굴 터에서 예수의 동굴 복음을 그대로 재현하며 비밀 선교활동을 했습니다. 저는 그의 수호천사로서 그를 도와서 오래전 전장이나 재난의 피난처로 사용되다가 버려진 토굴을 정비하고 단장해서 주님을 맞기에 손색이 없는 멋진 신앙 터로 만들었습니다. 교세는 나날이 확장되어 10년 만에 교인이 1,000명에 달할 만큼 성장했습니다. 저는 매일 보람차고 행복했습니다. 신이 제게 약속하신 대로 기적을 곧 내려 주실 거라는 부푼 희망을 안고서 말입니다."

약속이라니? 나는 신의 약속이 무엇인지 다음 말이 너무 궁금해서 그의 입이 떨어지기만을 기다렸다.

하지만 그는 과거의 기억을 되살리려는 듯, 잠시 눈을 감았다.

"제가 태어난 1750년의 프랑스 노르망디 지역에서는 흑사병이 만연했고, 극심한 흉작과 귀족들의 약탈로 인해 모두가 굶주렸습니다. 많은 마을 사람들이 수년간 영양을 제대로 섭취 못 해 잇몸이 쪼그라지고, 얼굴이 창백해지는 포르피린 증에 걸렸지요. 여러분이 알고 있는 프랑스 혁명은 이런 끔찍한 상황에서 일어난 거죠. 비교적 여유로운 부르주아 계급 출신의 저는 가난하고 병든 사람들을 위해 평생 의료 봉사할 생각으로 의과대학에 들어가 의사 수업을 받았지만 저의 변변찮은 의술로는 굶주림과 질병으로 죽어가는 사람들을 구하기란 쉽지 않았습니다. 저는 우울과 환멸의 나락에 빠졌습니다. 그럴때마다 무릎 꿇고 두 손 모아 어딘가에서 저를 지켜볼 신을 향해 내게 가난하고 병든 이들을 치유할 힘을 달라고 기도했습니다. 하지만 신은 제 기도에 바로 답하지 않았습니다. 저는 무력감에 우울증과 자살충동을 느끼며 신에게서 저주받았다고 생각했습니다."

파스칼은 잠시 물 한잔 마시며 눈을 감았다. 오래전의 일들이 파노라마처럼 그의 뇌리에 빠르게 스쳐 지나는 듯 그의 표정이 굳었다가 펴졌다. 그는 말을 이었다.

"신에 대한 실망감이 커질 무렵, 제 마음에 똬리를 튼 악마가 마음껏 저를 흔들도록 놔두었습니다. 악마는 제게 속삭였습니다. 나의 종이 되어 내가 원하는 것을 해내면, 너에게 악을 행하면서도 궁극적으로 선을 창조해내는 불멸의 힘을 주겠다는 거였습니다. 악마가 원하는 것은 인간의 궁극적 삶을 관장하는 숭고한 신에 대한 모독과 도전이었습니다. 신에 대한 질투심으로 가득찬 인간들의 신에 대한 환멸을 이용해 신의 자리에 스스로 오르는 것이었습니다. 저는 악마가 원하는 대로, 절망어린 인간들의 목을 공격해 피를 빨면서도 그 대가로 그들에게 뱀 균을 주입하며 불멸의 새 생명을 준 것으로 제 행동을 정당화했습니다. 파우스트가 의뭉스러운 악마 메피스토펠레스의 제안을 받아들여 매력적인 젊음과 능력을 부여받는 대신에 자신의 착한 영혼을 포기했지만, 저는 죽어가는 인간들을 구하고, 오히려 그들에게 불멸의 새 생명을 주었다고 여겼습니다. 또한 자신이 창조해낸 인간들의 허무한 죽음을 방기한 신의 무능력에 대한 도전이라고도 생각했습니다. 하지만 뱃살이 등짝에 바싹 붙을 만큼 굶주림이 계속되자 저는 뭐든지 뺏고 훔치고, 아무 데서나 몸을 뒹굴었습니다. 어느 날, 난 호숫가에서 얼굴을 씻다가 햇빛에 반사된 입가의 피들과 뾰족한 송곳니를 발견했습니다. 나 자신도 모르게 흡혈귀가 되어버렸던 것입니다. 섬뜩했습니다. 어이없게도, 스칸디나비아인 선조들이 노르망디에 정착하기 전에 숭배한 오딘❖이라는 신에게 인간을 바치고 피를 마시는 풍습을 되살린 전통 수호자로서의 자부심을 갖기도 했습니다. 뜨겁고 달짝지근한 인간의 피를 마실 때면, 인간을 농락하는 온갖 괴이한 마법을 써댄 오딘의 영적인 힘을 전수받은 듯한 느낌이 들었습니다. 수백 년 전에 죽은 드라큘라의 환생 같았습니다. 그날 이후 인간으로서 절대 저질러선 안 될 악행을 범했다는 죄책감과 악몽에 시달려야 했습니다. 춥고 습한 노르망디 지역에서 뱀파이어가 되어, 거머리처럼 인간의 비린내 나는 피를 빨면서 산다는 게 역겹다는 생각이 들었습니다. 하루를 살더라도 대낮의 따스함과 야밤의 고요함을 느끼며 사랑하는 사람을 만나고 진실 된 삶을 살고 싶었지요."

내 옆에 앉아있던 셀린의 뺨 위로 옅게 자리한 눈물자국이 반짝였다.

그는 손수건을 꺼내 눈을 닦은 뒤 파스칼을 향해 손뼉을

❖ 오딘은 바이킹 신화의 최고신으로 신들의 왕으로 추앙받는다. 이 세계의 모든 것을 통달한 절대 신이지만 숭배의식에서 인신 공양까지 받아, 천사보다는 사탄으로 통한다.

쳤다. 다른 참석자들이 그 뒤를 따라 박수를 보냈다.

"어느 날, 교회에 들어가는 한 여인을 발견했습니다. 수녀 주느비에브였습니다. 너무나 우아하고 사랑스러운 모습이어서 그냥 바라보기만 했습니다. 괴로웠습니다. 그녀를 보면서 흡혈본능을 참기가 어려웠던 게 아니라 인간계에서 일탈한 나 자신의 정체성에 혼란스러움을 느꼈습니다. 그래서 며칠 동안 밤낮없이 신에게 기도했습니다. 밤이 되면 성당에 몰래 들어가서 무릎을 꿇고 '다시 인간으로 살게 해달라'고 부르짖었습니다."

파스칼에게 '그래서 신께서는 소원을 들어주었나요?'라고 묻고 싶었다. 그러나 입이 도무지 떨어지지 않았다.

파스칼은 마치 내 마음을 읽은 듯, 나를 바라보며 말을 이었다.

"물론, 신께서는 제 소원을 들어주셨습니다. 기도를 시작한 지 며칠 후, 먹구름이 걷히고 하늘에 훤한 보름달이 떠오르더니 어디에선가 목소리가 들렸습니다. 신이셨습니다.

'나를 배반한 악마의 속삭임에 빠져 현세의 관능적 쾌락에 빠진 네가 뒤늦게나마 타락의 심연에 다다르기 전에 내 품안에 들어오니 기쁘도다. 이제부터 넌 다시 인간이다. 너에게 지난 과오와 죄를 씻기고 인간의 본분을 줄 것이니라. 여기 먼 길을 떠나는 토마스 신부를 따라서 그가 어디에 가든 그를 수호하거라.'

잠시나마 악을 행하며 당신의 권위에 도전한 반항아마저 포용하는 신에게서 숭고함과 궁극의 힘을 느꼈습니다. 신의 계시를 받아, 저는 더 이상 뱀파이어가 아닌 인간의 모습으로 토마스 신부 일행을 따라 나섰습니다. 하지만 신은 악마의 장난과 인간의 방황마저도 당신의 영역에 속한다고 보고, 한때 악마가 제게 부여한 불멸의 생명과 몇 가지 능력을 그대로 유지시켜 토마스 신부 일행을 보좌토록 했습니다. 내가 진심으로 사랑했던 주느비에브도 함께, 이곳까지 토마스 신부와 동행했습니다. 우리는 동방으로 떠나기 전날 밤에 약속이나 한 듯이 똑같은 꿈을 꾸었습니다. 신은 꿈에 현몽해 푸른 사과를 주시면서 "나의 뜻이 담긴 과일이니, 아침에 일어나면 맛있게 먹은 뒤 그 씨앗을 동방에 가져가 심어라. 그리하여 인간계에 만연한 불신과 배신의 마음을 털어버려라."라고 말씀하셨습니다. 놀랍게도 아침에 깨어보니 우리 셋의 머리맡에는 탐스러운 푸른 사과가 놓여 있었습니다. 이 사과는 지금껏 먹어본 어떤 과일보다도 맛있었습니다. 우리는 사과의 씨앗을 옷소매에 고이 간직하여 배가 한강 양화진에 닿자마자 심었습니다. 사과나무는 무럭무럭 자랐고, 탐스러운 푸른 과일은 조선 백성들의 허기진 배를 채워주었습니다. 물론 신의 말씀대로 사과를 먹은 사람들은 불신을 털어버리고 서로를 믿으며 신의 품 안으로 들어왔습니다. 신기한 일이었습니다."

파스칼은 잠시 호흡을 가다듬은 뒤 말을 이었다.

"그때 제 나이는 스무 살이었습니다. 그녀 때문에 제가 인간계로 들어왔으니, 저로서는 세상을 다 얻은 느낌이었습니다. 토마스 신부와 주느비에브 수녀를 파견한 프란치스코 수도회(부록 19편 참조)는 아시다시피 이 세상의 모든 생명체에게 축복 세례를 해주는 곳입니다. 토마스 신부는 제게 성수를 듬뿍 뿌리며 축복을 기원해주셨습니다. 성 프란치스코는 자연과 인간의 공존을 중시하며 권위적이고 권력 지향적이었던 중세기 교회의 틀에서 벗어나 새들을 불러 축복하고, 새들도 날개를 펼쳐 화답하며 함께 즐거워한 동물의 수호성인으로 알려진 분입니다. 프란치스코 수도회 산하 노르망디 교회는 성 프란치스코의 고결한 뜻을 살려 지구촌을 신의와 사랑으로 엮으려는 거대한 평화의 영생 공동체를 꿈꿔 왔습니다. 이승계과 저승계, 인간계와 동물계, 식물계, 뱀파이어계, 그리고 남자계와 여자계의 벽을 허물고, 모두가 동등하게 하나가 되는 모노 유니버시얼리즘(Mono-universalism)을 내세웠습니다. 신부와 수녀를 험지에 보낼 때 그들의 수호천사로 신앙심이 굳건하고 건장한 남자를 골라서 함께 파송하는 것이 노르망디 교회의 전통이었습니다."

파스칼은 떨리는 목소리로 말을 이었다.

"하지만, 저는 토마스 신부를 지켜내지 못했습니다. 1780년 비밀신앙집회가 적발되어 토마스 신부와 그에게서 세례받을 준비를 하던 독실한 신앙인들이 이곳에서 목이 베였습니다. 이미 인간계에 발을 내디딘 저는 아무것도 하지 못한 채, 비겁하게 숨어서 그들의 죽음을 지켜봐야 했습니다. 저는 두려움 속에 '비밀의 문' 열쇠를 쥐고서 도망쳤습니다. 토마스 신부가 죽은 뒤 매일 밤 악몽에 시달렸습니다. 또한, 주느비에브가 실종되어 생사를 알 수 없게 된 상황이 너무 충격적이었습니다. 신에게 수호천사 자격을 반납하고, 다시 뱀파이어가 되고 싶다고 기도했습니다. 신은 이미 당신의 충실한 종이 된 제가 다시 뱀파이어가 되더라도 당신의 영역

인간과 뱀파이어 간의
평화적 공존을 위한 '망원동 선언' 부록 19편

나는 파스칼의 고백을 듣고 망원동 선언의 부록 편에 짤막하게 기록된 성 프란치스코의 삶을 읽으면서, 내가 얼마나 자연과 생태, 생명에 대한 감수성을 잊고 살아왔는지 새삼 깨달았다.

「13세기 이탈리아 중부 스폴레토 공국 움브리아주의 도시인 아시시에 프란치스코 수도회를 창설한 조반니 디 피에트로가 성 프란치스코가 되기까지의 스토리는 드라마틱하다. 목사인 아버지가 프랑스로 출장 갔을 때 프랑스에 너무 매료되어 돌아온 뒤, 아들에게 프랑스인이라는 의미의 프란치스코라는 이름을 붙여주었다. 프란치스코는 워낙 집이 부유하여 향락을 추구하고 친구들과 어울려 흥청망청 노는 것을 좋아했고, 이어 더 큰 출세를 위해 전쟁에 참여했다가 1년간 감옥에 갇힌 뒤 큰 병을 얻었다.

어느 날 허름한 성당에 우연히 들어간 그는 신으로부터 "무너져가는 나의 교회를 고쳐라"라는 음성을 들은 뒤 자신의 재산은 물론, 아버지 재산까지 탈탈 털어 성당을 고쳤으나 하루아침에 빈털터리 신세가 되고 만다. 이어 프란치스코는 동료 11명과 작은 형제들의 모임을 조직하여, 가난한 지역을 돌아다니며 선교활동을 벌였다.

1224년 9월 14일 새벽에 기도하던 중 십자가에 못 박힌 케루빔을 보고 예수 그리스도가 받은 다섯 상처를 자신의 손과 발, 옆구리에 똑같이 입었다. 하지만 성흔 현상 이후 건강이 급격히 악화하여 눈이 멀었고, 두 해 뒤에 44세의 나이로 선종했다. 그러나 그를 따르는 신도들은 수천 명에 달하며, 중남미, 아랍, 아프리카, 인도, 동유럽, 중국, 한국에 이르기까지 그를 수호성인으로 삼는 작은 수도회들이 설립되었다.

　그는 이 세상의 모든 피조물, 인간이든, 동물이든, 심지어는 물이나 불까지도 형제요, 자매라고 불렀다. 신의 창조 아래 만들어진 모든 피조물을 사랑했다는 뜻이다. 프란체스코는 동물의 수호성인으로 불린다. 일부 지역에서는 매년 10월 4일이면 성 프란치스코를 기념해 동물 축복식을 연다. 일부 성당에서는 온갖 반려동물이 세례를 받기 위해 줄지어 기다리는 특이한 현상까지 볼 수 있다. 프란치스코 수도회가 종을 가리지 않고 모든 생명체에 성수를 뿌려 축복을 주는 것은 성 프란치스코의 드넓은 사랑을 실천하기 위해서였다. 신께서는 당신이 창조한 모든 피조물을 향한 노르망디 교회의 사랑에 감동하여, 굶주림을 견디다 못해 인간에서 스스로 뱀파이어가 된 이들에게 세례를 주어 저 멀리 선교활동을 떠나는 신부들과 수녀들에 대한 수호천사로서의 직분을 부여해 구원의 기회를 주었다. 파스칼이 토마스 신부와 주느비에브 수녀의 수호천사로 한국 땅에 온 것은 이런 이유에서다.」

에 남아있을 것이라고 답하셨습니다. 하지만, 몇 년간 토마스 신부와 동행하면서, 저는 인간으로 살아 뱀파이어의 본능을 많이 상실했습니다. 뱀파이어의 능력을 완전히 회복했더라면, 토마스 신부 일행을 해친 인간들에게 처절하게 복수하고, 인간의 피를 흡입하며 여기저기 저와 같은 뱀파이어 DNA를 나눠주어 뱀파이어 개체수를 확 늘렸을 텐데 그러질 않았습니다. 착한 뱀파이어가 되고 싶었습니다."

파스칼은 과거를 회상하는 게 괴로운 듯 고개를 저었다.

"학살이 일어난 뒤, 저는 비밀의 문을 열고 지하 동굴에 들어가 홀로 고통의 나날을 보냈습니다. 어느 날, 신에게 기도하다가 신을 현몽했습니다. 신께서는 제게 주느비에브가 살아남아, 신도들의 도움으로 망원정자 인근에 은신하며 선교활동을 벌이고 있다고 일러 주셨습니다. 저는 당장에 주느비에브를 찾아가, 그녀의 수호천사로 일하기 시작했습니다. 이번에는 예전보다 더 은밀하고 치밀한 신앙 활동에 힘입어 신도들이 급격히 늘었습니다. 일반 백성뿐 아니라, 궁궐 안의 상궁과 내시들은 물론 판서들까지도 신도가 되었습니다. 조선 땅에 오자마자 제가 토마스 신부, 주느비에브 수녀와 함께 씨앗을 심은 푸른 사과나무들이 여기저기 뿌리를 내려, 싱그러운 과일 냄새가 양화진 일대에 널리 퍼졌습니다. 얼마나 영광스러운 일인지…. 저는 늘 감격스러웠습니다."

'행복한 결말인데, 왜 저리 고통스러워 보일까?'

나는 침을 꼴깍 삼키면서 파스칼의 다음 말을 기다렸다.

"인간과 뱀파이어의 수명은 서로 다릅니다. 저는 주느비에브가 점점 노인이 되어가는 모습을 보며, 늘 안타까웠습니다. 그토록 아름다웠던 주느비에브가 인간계의 나이로 여든을 넘기면서 허리가 구부러지고, 흰머리가 무성하고, 잇몸이 허물어져 치아가 빠지고, 귀와 눈이 침침해져 가는 애잔한 모습을 보면서, 저는 말할 수 없는 슬픔을 느꼈습니다. 하지만 그녀는 여전히 아름다웠습니다. 어느 날 저녁, 주느비에브가 여든의 천수를 누리고 신의 품 안에 돌아갈 즈음에 저는 그녀에게 무릎을 꿇고 영적 구원을 내려 달라고 요청했습니다. 그녀를 따라서 신의 품 안에서 안식하고 싶다고 말입니다. 여러분에게는 섭섭한 말이 되겠지만, 저의 구원은 제가 사랑하는 인간과 더불어 천상의 세계에서 고통이나 상처가 없는 낙원의 삶을 누리는 것이었습니다. 그녀는 많이 늙었지만, 아직 은장도를 들지 못할 정도는 아니었습니다. 우리는 간절히 기도했습니다. 저는 은장도의 날을 날카롭게 갈았고, 그녀는 마침내 그걸 들고 제 가슴을 깊이 찔렀습니다. 흔히 머리를 싹둑 잘라내야만 뱀파이어가 종말을 고하지만,

그녀는 차마 제 목에 칼을 대지 못했습니다. 대신에 그녀는 제 몸을 뒤집어서 얼굴을 아래 방향으로 향하게 하고, 제 시체를 나무관이 아닌 석관에 넣어 제가 씨앗을 심은 푸른 사과나무 아래에 묻었습니다. 뱀파이어가 나중에 다시 밖으로 나오지 않게 하려면 목을 자르든지, 뒤집어서 깊이 매장해야 하지요. 그런 다음에, 그날 새벽에 그녀는 스스로 목을 맸습니다. 바로 이 자리에서 말입니다. 망자가 명계*로 가면서 마시게 되는 레테(Lethe)의 강물에서 우리는 다시 만났지만, 신께서는 우리에게 한 모금의 물조차 허락하지 않았습니다. 우리는 목의 갈증을 풀려고 손바닥으로 강물을 떴으나 그럴 때마다 물은 안개가 되어 사라졌습니다. 이 물을 마셔야만 이승의 기억들, 그러니까 슬픔과 기쁨, 증오와 사랑의 찌꺼기를 털어버리고 명계로 넘어갈 수 있는데 말입니다. 아마도 주느비에브는 생사를 담당하는 신의 의지에 어긋나게 스스로 목숨을 끊었고, 저는 인간이 아닌 뱀파이어인 까닭에 외면받은 것 같았습니다. 신의 뜻에 순종한 주느비에브는 부끄럽다는 듯 짙은 안개 속에 숨었지만, 저는 분하고 억울했습니다. 오로지 신만을 섬겼는데, 이런 대우를 받아야 한다

❖ 사람이 죽은 뒤에 간다는 영혼의 세계

푸른 사과의 비밀

니요?"

나는 파스칼의 사연을 들으며 눈시울을 붉혔다.

'파스칼이 그토록 사랑했던 주느비에브가 왜 자살했을까? 더구나 성직자가 자살이라니….'

파스칼은 주느비에브가 자살한 이유에 대해선 밝히지 않았다. 하지만 그가 말하지 않아도, 이유를 알 것 같았다.

'주느비에브는 파스칼을 사랑했던 거야. 비록 파스칼이 뱀파이어이지만, 자신을 향한 한결같은 그의 마음을 받아들인 거지. 이승에서는 성직자 신분인 탓에 세속적인 사랑을 못 했지만, 저세상에서는 파스칼과 같이 있고 싶어 그를 따라 죽었을 거야.'

파스칼은 손수건으로 눈시울을 닦았다.

"주느비에브는 우리 둘이 구원받지 못한 게 자신 때문이라고 자책하며 짙은 안개 속에서 늘 기도했습니다. 이승과 저승의 경계선에서 어쩌면 지금 이 순간에도요."

그는 목이 메는지, 물 한 모금을 마신 뒤 말을 이었다.

"저는 지하의 묘지에서 수십 년을 보냈습니다. 이승의 삶에 회한을 너무 많이 남겨둔 탓인지, 육신은 쉽게 썩지 않았습니다. 얼마나 지났을까? 인간의 죽음처럼, 저 역시 땅속에서 무념의 상태에서 꼼짝달싹 못 한 채 모든 걸 망각하고 있었습니다. 인간과 다른 것은 부식의 속도가 느리다는 점이었습니다. 어느 날, 비린내 나는 핏물이 지하의 관속까지 스며들어 제 몸을 흥건하게 적셨습니다."

나는 그의 말에 깜짝 놀랐다. 그는 호기심 어린 참석자들의 눈을 바라보며 말을 이었다.

"저는 제 목을 적시며 입안에 서서히 빨려오는 피의 따스한 기운을 온몸으로 느끼며 기지개를 켰습니다. 저는 불끈 주먹을 쥐어 관뚜껑을 밀어내고, 흙을 털어내며 일어났습니다. 깨어나 보니, 뱀파이어의 본능적 형체가 조금씩 드러났습니다. 제가 관에 묻혔을 땐 분명히 인간의 모습이었는데, 이젠 두 개의 송곳니를 가진, 희멀건한 뱀파이어가 되었습니다. 절두산 언덕에 팔과 목이 잘린 시체들이 나부라져 있고, 곳곳에 핏물이 가득 고였습니다. 나중에 정신을 차리고, 주변을 살펴보니 병인박해의 참혹한 현장이었습니다. 그때가 1866년이었습니다. 30여 년 만에 세상 밖으로 나온 뒤, 저는 또다시 신께 기도를 밤낮없이 했습니다. 마침내, 신의 답변을 들었습니다."

파스칼은 잠시 호흡을 조절하더니 참석자들에게 되물었다.

"신께서는 제게 뭐라고 말씀하셨을까요?"

이에 참석자들의 침묵이 이어졌다.

"사랑!"

"용서!"

"아량!"

"관용!"

여기저기서 신께서 말씀하셨을 답변들을 툭툭 뱉었다.

파스칼은 고개를 저었다.

"신께서는 제게 '이제, 너는 인간을 수호하라'라는 말씀을 해주셨습니다. 그것도 제 귀청이 떨어질 만큼 큰 소리로 말입니다."

나는 마음속으로 '파스칼이 왜 저리 감상적으로 서두를 길게 늘어놓는 걸까?'라고 생각하며 주변을 돌아보았다. 모두가 숙연한 표정을 짓고 있었다. 피를 뿌린 비극 때문이었을까? 나는 파스칼의 말을 들으면서 아까 여기에 올라올 때 방문객을 처연하게 맞이한 빨간 꽃들을 떠올렸다.

'어느 산에서나 볼 수 있는 야생의 선홍빛 진달래, 장미, 철쭉꽃은 물론, 제라늄, 아마릴리스, 버베나, 카네이션 같은 애잔한 빨간 꽃들이 많은 것은 이런 연유 때문이었을까?'

파스칼은 잠시 호흡을 가다듬었다.

참석자들은 모두 숨죽인 채 그의 입을 응시했다.

그는 나를 가리키며 말을 이었다.

"저기 인간계에서 얼마 전에 건너온 민주와 그의 친구가 있습니다. 아주 상처가 많은 영혼들이죠. 인간계에서는 오래 전부터 탐욕과 거짓, 속임수, 그리고 서로 간에 증오와 살육이 만연했습니다. 신께서 태초에 인간에게 금단의 사과를 따 먹지 말라고 일렀지만, 아담과 이브가 그걸 베어 먹은 뒤 인간사회는 혼돈 그 자체였습니다. 제가 태어나서 자랐던 프랑스에서도 귀족과 왕의 탐욕과 거짓, 백성들에 대한 탄압과 속임수, 그리고 증오와 살육이 극에 달했고, 신의 말씀을 가슴에 안고 먼 길을 떠나온 이곳에서도 인간이 인간을 죽이는 살육전이 도무지 끊이지 않았습니다. 신께서는 당신의 복음이 인간사회에 겉도는 것은 인간이 탐욕을 숭배한 나머지, 내면의 아름다움, 즉 인간미를 잊었기 때문이라고 여겼습니다."

나도 모르게 고개를 끄덕였다.

니콜라는 수첩을 꺼내 뭔가 메모한 뒤에 파스칼에게 전달했다. 이를 받은 파스칼은 왼쪽 손목시계를 슬쩍 들여다보며 말을 이었다.

"제가 오늘 말이 좀 많았나 봅니다. 니콜라가 다음 순서가 기다리고 있으니, 마무리 발언을 해달라고 메모를 보내왔네요. 원래 말을 많이 하는 스타일이 아닌데, 오랜만에 여러분을 만나서 흥분했나 봅니다. 하지만 오늘은 제가 가슴에 묻어둔 이야기를 좀 더 할까 합니다."

니콜라는 머쓱한 듯, 양팔을 괸 채 어깨를 으쓱해 보였다. 파스칼은 마무리하려는 듯, 목소리 톤을 낮추었다. 낮은 중저음의 목소리가 매혹적으로 느껴졌다.

"당시 조선의 왕은 프랑스의 루이 16세 국왕처럼 사치스럽지는 않았으나, 너무나도 무능하여 귀족과 양반의 탐욕이 하늘 무서운 줄 모르고 치솟았습니다."

파스칼의 발언에 집중하다가, 문득 '병인박해의 조선왕이 누구였지?'라는 궁금증이 들었다. 휴대폰을 꺼내 네이버 지식백과를 찾으려는데, 수빈이가 미소 지으며 답해주었다. 역시 수빈이는 우리 학교의 진정한 1등다웠다.

"고종이잖아."

"아, 대원군의 아들."

파스칼은 계속해 말했다.

"수년째 가뭄과 홍수의 재발로 기아와 굶주림이 백성들의 일상이었는데도, 양반은 가렴주구와 수탈로 제 배 속을 채우느라 바빴습니다. 신께서는 제게 예언을 해주셨습니다.

'조선에 또 몇 차례 피의 박해가 일어나, 내가 보낸 많은 선교사와 신도들이 이곳에 묻힐 것이니, 네가 그들의 영혼을 달래고, 인간 수호에 나서라'

그 후 수년이 지나 조선 땅에 니콜라 수도자와 셀린 수녀가 또다시 신의 복음을 전파하러 왔으나 온갖 고초와 탄압을 겪어야 했습니다. 이 두 사람은 신의 부름을 받아 사랑과 평화의 영적 기운이 가득 담긴 푸른 사과 그림을 프랑스에서 이곳까지 가져와서, 푸른 사과의 상큼함으로 나와 더불어 모든 생명체에 차별이나 구분짓기가 없는 세상을 만드는데 혼신의 노력을 다했습니다. 하지만 조선말 잦은 종교탄압으로 두 사람의 목숨이 자주 위태롭게 되자, 나는 눈물을 머금고 그들이 원하는 대로 그들의 목을 물어 그들을 나와 같은 뱀파이어로 변태시켰습니다."

니콜라와 셀린이 어깨를 들썩이며 울먹이자, 파스칼은 심호흡하며 잠시 뜸을 들였다. 나는 호기심을 참지 못해 파스칼의 입술 움직임만 뚫어지게 바라보았다.

"인간계는 더 이상 인간답지 않습니다. 태초에 아담이 베어 먹은 사과는 신으로부터 인간의 자유를 쟁취한 상징처럼 보였지만, 그 후 인간은 밀물처럼 몰려온 혼돈과 혼란을 감당하지 못해 자신에게 주어진 자유를 탐욕과 방종의 기회로 삼았습니다. 지금 이 시각까지 인간이 얼마나 잔인하게 다른 인간들에게 상처와 아픔을 주고 있는지 잘 아실 것입니다. 99.99를 가진 자들이 0.01을 더 가져 100을 채우려는 바람에, 많은 인간이 소수점 이하의 보이지 않는 점으로 지워지고 있습니다. 가까운 미래의 주인공이어야 할 젊은이들이 의지할 데 없어 이 시간에도 검푸른 한강의 난간에서 서성이고 있습니다."

파스칼은 '젊은이들'을 언급하며 나를 바라봤으나, 나는 살짝 그의 눈길을 외면했다.

그러면서 마음속으로 그의 말을 반박했다.

'내가 한강에 뛰어내린 것은 자신의 취향을 찾아 급작스럽게 나를 떠난 그놈 때문이라고요! 비록 내가 약간 착각을 했지만요.'

꽤 오랫동안 애써 잊고 있던 지훈과의 관계를 언뜻 떠올렸으나, 파스칼의 연설에 집중하려 머리를 흔들었다.

파스칼의 목소리는 중저음에서 점점 고음으로 올라갔다.

"우리의 위대한 계획은 우리 스스로가 인간계에서 상실된 인간주의를 회복시키는 일입니다. 스티브 잡스가 아담의 악취 풍기는 사과를 도려내고 자신이 만든 사과를 스마트폰에 장착해 인류의 오래된 미래인 인간주의를 회복시키려 했으나, 공감이 결핍된 네트워크는 허망하다는 사실만 뒤늦게 깨달았습니다. 그가 56세의 젊은 나이에 췌장 신경내분비종양으로 죽은 것은 단순한 스트레스성 질환이 아니라, 자신의 꿈이 무너진 데 따른 좌절감과 상실감 때문일 것입니다. 신으로부터 위임받은 우리의 인간주의는 이 땅에서 조선패망, 일제 강점기, 해방기, 6·25전쟁, 그리고 군사쿠데타, 민주화, 자본주의, 세계화에 이르기까지 고비 때마다 발현되어왔으나, 인간들의 거대한 탐욕과 이기심을 억누르기에는 역부족이었습니다. 신에게 스스로 충복이 되길 고백한 종교인들까지 타락했으니 말입니다."

파스칼은 다시 매력적인 중저음으로 목소리를 낮추었다.

"오늘 밤, 이 자리에서 우리는 인간과의 평화공존 강령인 '망원동 선언'을 발표한 지 5년을 맞습니다. 이와 동시에, 인간의 미래세대에 대한 이해와 공감을 더 증진하기 위한 '공감력 증강 매뉴얼'을 발표하는 날이기도 합니다. 인간계의 타락이 극에 달한 지금, 신의 계시대로 우리에게 인간계의 병을 치유하고 인간주의를 복원하는 일이 시급히 요구됩니다. 우리의 위대한 과업을 앞두고, 우리 모두 다시 한번 정신을 가다듬어 봅시다."

파스칼이 연설에서 나와 함께 강 너머 대형병원들을 습격해 인공 자궁 시설을 직접 소각한 사실을 어떻게 말할지 궁금해 귀를 쫑긋 세웠으나, 아무런 말도 듣지 못했다. 아마도 뱀파이어계에 미칠 파장을 고려한 듯했다.

파스칼의 연설이 끝나자, 참석자들은 모두 일어나 환호하며 손뼉을 쳤다. 나는 파스칼의 연설이 잘 녹음되었는지 스마트폰을 들여다보았다. 그때 셀린이 말을 건넸다.

"걱정 마, 나중에 요약문을 보내줄 거야."

파스칼의 연설이 끝나자, 니콜라가 연단에 올랐다.

"여러분의 테이블 위에 공감력 증강 매뉴얼이라는 리플릿이 놓여 있습니다. 세상에 상실된 휴머니즘의 발현을 목표로 삼는다는 의미에서 우리 뱀파이어의 푸른 사과 씨앗을 표지로 디자인했습니다. 저희 지도부가 공감력 증강 TF를 만들어, 지난 2개월 동안 국내외 자료를 리서치하고 다양한 계층에 대한 면대면 설문조사를 통해 오늘의 성과물을 이뤄냈습니다. 언뜻 보기에는 별거 아닌 듯 싶지만 이 책자는 우리에게 결핍된 공감력을 어떻게 하면 증진시킬 수 있을지 노하우를 담고 있으니 반드시 외우시길 바랍니다. 공감력 증강 매뉴얼을 만든 TF 팀원들을 대표해서 민주 님이 나와 그간의 작업과 매뉴얼 응용방식에 대해 간단히 설명하겠습니다. 자, 민주 님!"

나는 쑥스러운 표정을 지으며 일어났다.

니콜라의 '얼른 연단으로 나와'라는 손짓에 따라 얼떨결에 나가다가 옆 아저씨의 발에 걸려 하마터면 반짝거리는 쇼브의 대머리를 만질 뻔했다.

연단에 올라, 참석자 모두가 나를 응시하는 진지한 모습에 살짝 오금이 저렸다.

파스칼이 나를 보고 박수를 쳤다. 그러자 모든 참석자들이 박수를 치기 시작했다.

48가지로 늘어난 MBTI 유형

잠시 어떤 말부터 꺼내야 할지 고민했다. 교장 선생님처럼 '친애하는' 식으로 시작할까, 아니면 담임선생님처럼 그냥 본론으로 바로 시작할까, 아니면 반장처럼 '거 있잖아' 식으로 할까…. 박수 소리가 잠잠해지고, 나는 물 한 모금을 들이키려다가 헛기침이 나와 어쩔 수 없이 "죄송합니다"로 말을 꺼냈다.

나는 살짝 떨리는 목소리로 말을 이었다. 본론으로 바로 들어갔다.

"여러분이 꿈꾸는 세계에 제가 참여할 기회를 주시어 대단히 영광스럽습니다. 더욱이 오늘 같은 역사적인 날에 저를 호명해주시다니, 너무 기쁩니다. 그럼, 여러분의 자리에 올려 있는 매뉴얼의 목차를 함께 볼까요?"

나는 목차 중에서 '나를 먼저 알아야 타인과 제대로 공감할 수 있다'라는 항목을 찾았다.

"57페이지입니다. 자, 모두 눈을 감고 잠시 생각해 보죠. 나는 누구일까요? 어떤 사람, 아니 어떤 성향의 뱀파이어일까요?"

아직 인간계의 주변에 머문 탓인지 무심결에 사람이라는 말을 내뱉었다가 얼른 주워 담았다. 얼굴이 화끈했다. 아무도 거기에는 개의치 않는 듯싶었다. 나는 말을 계속했다.

"요즘 인간계의 젊은이들 사이에선 16가지 성격유형을 분류한 MBTI가 인기를 크게 끌고 있습니다. 인간계에서도 공감력이 중요하거든요. 나와 비슷한 유형, 특히 나와 덕질메이트는 어떤 유형인지? 나의 소울메이트는? 아니면 나의 최악의 인연은? 우리가 무턱대고 타인에게 다가서려 하다간 오히려 역효과를 내는 경우가 많습니다. 상처받고 아픔 많은 타인에게 위로한답시고 한마디 건네다가 더 큰 상처를 주는 경우가 허다합니다. 특히 젊은이들은, 저도 그중 하나지만, 이해 불가한 족속입니다. 어디로 튈지 모를 탁구공 같다고나 할까요?!"

참석자들이 껄껄 웃었다. 분위기가 한결 부드러워진 느낌이었다.

"하지만 젊은이들의 가슴 속에는 기성세대의 합리주의와 논리로는 풀기 힘든 수수께끼의 매듭마저 쉽게 녹여낼 뜨거운 용광로가 있습니다. 여러분은 이들의 용광로에 들어가야 합니다. 뜨거운 가슴 속으로 말입니다."

뱀파이어들의 열띤 반응에 다소 흥분한 나머지, 나는 젊은 이들을 너무 신비화하지 않았나 하는 생각이 들어, 다시 조금 후퇴했다.

"물론 젊은이들의 가슴속에는 차가움도 가득합니다. 매사에 부정적이고 냉소적인 성향을 드러냅니다. 그래서 젊은이들이 뜨거운 에스프레소에 차가운 아이스크림을 얹은 아포가토나 커피플로트를 즐기는지 모를 일입니다. 젊은이들의 가슴속에는 뜨거움과 차가움의 변덕이 아니라, 뭐든지 내 것으로 만들어 소화해 내는 조화와 융합의 혈기가 자리하고 있습니다."

뱀파이어들이 리플릿에 내 말을 꼼꼼히 메모하는 모습을 보고 있자니 가슴이 벅차올랐다.

"사실, 복잡다단한 성격유형을 16가지로 구분 짓는다는 것은 편의주의일 수 있습니다. 감정이라는 게 하루에도 수없이 달라지고, 지금 이 순간에도 오르락내리락하잖아요. 덧붙여 말하자면, 인간계의 16가지 유형이 뱀파이어계에서는 32가지나 48가지로 늘어날 수 있고요. 중요한 건 실전에서의 응용력입니다. 오늘 모임이 끝나면, 모두 매뉴얼을 달달 외

위서 저와 같은 젊은이들이 더 삶의 고민을 죽음으로 끝내지 않도록 해주시면 감사하겠습니다."

나는 뱀파이어들의 분위기를 살피며 물었다.

"혹시, 제 말에 질문이 있을까요?"

인간계에서 잠깐 약사생활을 지낸 뤼넷트가 전문가다운 질문을 했다.

"젊은이들의 아픔을 공감력 같은 추상적인 방식으로 치유한다는 것은 현실성이 없어 보입니다. 약물 투여도 병행해야 효과가 클 거라는 생각이 듭니다만⋯."

그의 말에 인간계에서 교장 선생님을 지낸 쇼브 아저씨가 이의를 제기했다.

"작년 회의에서도 약물치료를 강력하게 주장하신 걸로 알고 있습니다. 뤼넷트가 말씀하시는 향정신성의약품은 ADHD치료제, 식욕억제제, 마취제, 수면제, 진정제, 항경련제로 일시적 효과를 보이지만, 뇌세포에 신경 독으로 작용하기 때문에 영구적인 손상을 일으킬 우려가 큰 것으로 확인되었습니다. 약물 투여 시, 자칫 정신착란, 집중력 감퇴, 기억력 손상, 우울증, 불안과 불면 등의 정신적 증상과 침 흘림, 땀, 눈물, 감각 이상, 동공확대, 손 떨림 등의 신체적 증상을 초래할 수 있는데, 그런 부작용을 고려해본 적이 있나요? 클럽에서 젊은이들이 정신착란으로 몸을 가누지 못해 종종 목숨을 잃는 건 바로 약물중독 때문입니다. 그렇지 않나요?"

나는 쇼브의 말에 머리를 끄덕여 동의했다. 하지만 안경잡이인 뤼넷트의 자존심을 생각해, 조심스럽게 내 의견을 덧붙였다.

"하지만 약물이 긍정적 효과를 발휘할 때가 많습니다. 이번 공감력 증강 프로젝트의 대의를 생각한다면, 대화와 동의 같은 공감의 액션을 우선 취하고, 만약 약물이 꼭 필요할 때 플라세보 약물을 보조제로 사용하면 어떨까 하는 생각이 듭니다."

뤼넷트는 내게 미소를 지으며, 말을 이었다.

"제가 그 말을 하려던 참이었습니다. 플라세보 약물로도 얼마든지 긍정적 효과를 낼 수 있거든요. 플라세보를 보조제로 적절히 사용하면 좋을 듯싶습니다."

몇몇 참석자들이 내게 질문하려 손을 들자, 니콜라는 나를 향해 박수를 유도하면서 다음 순서로 넘어갔다.

"지금까지 민주님이 여러모로 애를 많이 썼습니다. 그동안 낮엔 인간계에서 공부하랴, 밤에는 우리 뱀파이어들과 함께 큰일을 도모하랴, 고생을 많이 했습니다. 민주님에게 큰 박수로 격려해 주시길 바랍니다."

참석자들은 나에게 환호를 지르며 박수를 쳤다.

어깨가 괜히 으쓱거렸다.

감사의 뜻으로 두 손을 가슴에 모아 머리를 조아린 뒤, 내 자리로 돌아가 앉았다.

니콜라는 이어 그룹 스터디 시간을 알리며, 테이블별로 공감력 증강 매뉴얼의 실천지침을 토론해서 그 내용을 페이퍼로 제출해줄 것을 당부했다.

테이블당 4명이 한 조가 되어, 총 25개 조가 밤늦도록 난상토론을 벌였다. 옵서버로서 회의에 참여한 수빈이는 나와 니콜라, 셀린과 같은 조가 되었다.

무음으로 설정해놓은 휴대폰의 진동이 울려서 들여다보니, 엄마가 보낸 문자였다.

새벽 3시다, 아직까지 시험공부 하는 거니? 너무 무리하는 건 아니니? 불쌍한 우리 딸, 이번에 1등 안 해도 돼.

엄마는 내가 아직 스터디 카페에 있는 걸로 알고 있었다.

나는 딸을 기다리는 엄마에게 문자를 보냈다.

공부하다가 집에 가는 걸 깜박했어. 이따 4시쯤에 갈게. 엄마 먼저 자.

니콜라는 내가 스마트폰 자판을 두드리는 걸 보더니, 나를 데리고 비밀통로로 나갔다. 수빈도 우리를 뒤따랐다.

파스칼은 서둘러 자리를 뜨는 우리에게 미소를 지으며 고개를 끄덕였다.

동굴회의장의 입구는 절두산 성당의 마당이었으나, 비밀 출구는 강변북로의 잠두봉 터널 아래로 이어져 한강 변 쪽을 향했다.

"이 길은 과거에 난리를 피한 피난민들이나 비밀 집회를 가진 신도들이 드나들었던 곳이야. 넘어지지 않도록 조심해."

니콜라는 스마트폰 조명을 켜고 어둠 속의 터널 길을 앞장서 걸었다.

출구가 가까워지자 검은 박쥐 떼들이 머리 위를 날았으나, 별로 무서운 생각이 들지 않았다. 몇몇 박쥐들은 천장에 발을 붙이고 거꾸로 대롱대롱 매달려 우리들의 움직임을 살폈다.

출구를 빠져나오니, 탁 트인 한강을 가로지른 양화대교의 조명이 눈에 들어왔다.

우리는 니콜라의 딱정벌레차가 주차된 인근 한강공원 주차장까지 걸어갔다. 조수석에 탄 나는 뒷좌석 오른쪽에 앉은 수빈이 스마트폰을 만지작거리는 모습을 보았다.

"수빈아, 엄마에게 스터디 카페에서 공부하다가 늦는다고 문자하는 거니?"

"당연하지. 너도 이런 문자를 많이 보내봤구나!"

"선수끼리는 서로 통하는 게 있구나."

내가 선수라고 말하자, 수빈이 깔깔 웃었다.

니콜라의 차는 먼저 수빈을 내려준 뒤 우리 집으로 향했다.

그제야 비로소 니콜라가 내게 말을 건넸다.

"오늘 밤에 논의된 내용을 좀 더 세부적으로 다듬어야 할 것 같아. 짧은 시간에 꼰대들이 공감력을 증강하기란 어려운 일이야. 인간계 젊은이들의 관심사와 취향, 언어가 너무나 빨리 바뀌어 따라잡기가 쉽지 않아. 그리고 젊은이들과 공감하기 위해 약물을 사용하는 건 그다지 원치 않지만, 뱀파이어계의 약학전문가인 뤼넷트의 의견이어서 뭔가 방안을 마련해야 할 것 같아."

"나도 그렇게 생각하고 있어요. 플라세보 약이 치료제로 많이 쓰이고 있으니까요."

뤼넷트가 약학전문가라는 걸 새삼 깨달았다. 그냥 폼으로 안경을 쓴 게 아니었어.

어차피 플라세보 약이라면, 약재의 성분보다는 복용방식과 효능 문구가 중요하다는 생각이 들었다. 갑자기 영화 매트릭스에서 빨간약과 파란약을 놓고 저울질하던 주인공 네오의 잘생긴 얼굴과 파스칼의 조각 같은 얼굴이 동시에 떠올라, 나도 모르게 피식 미소가 지어졌다.

터프한 인상의 모피어스를 닮은 니콜라가 잠깐의 내 상상을 깼다.

"참, 기말시험이 언제지?"

"다음 주 월요일이에요."

"시험 걱정은 말고, 우리의 위대한 계획에 너의 모든 역량을 발휘해줘."

"당장에 코앞에 둔 대학 입시는 어떻게 하고요?"

"그건 걱정 안 해도 돼."

꿈속에서 열심히 공부한다고 하지만, 내가 요즘처럼 공부 안 하기는 처음이다. 그런데도 전교 1등이라니!

"시험이 뭐라고 생각하니?"

니콜라의 난데없는 질문에 나는 잠시 어리둥절하다가 간신히 답했다.

"등수를 매기는 거?"

"잘 아는군! 시험은 원래 공부한 내용을 다시 확인해보는 과정인데, 요즘 들어 이상하게 변질되었어. 1등부터 꼴등까지 등수를 매겨서 앞줄에는 온갖 특혜를 주며 핵인싸로 우대하고, 뒷줄에는 온갖 불이익을 주며 아웃사이더로 밀어내지."

"맞아요. 등수가 뒤로 밀리면 인간 취급을 못 받아요. 지난번 시험에서 1등을 하고 나니, 모든 게 달라졌어요. 저를 대하는 친구들과 선생님들, 심지어 엄마의 시선이 예전과 달라졌어요. 왜 이럴까요? 등수가 뭐가 중요하냐고요! 등수가 앞이라 해서, 인격이나 됨됨이, 가치관이 훨씬 나은 것도 아니고 머리에 든 교양이나 지식이 훨씬 많은 것도 아닐 텐데…."

"민주 또래의 많은 젊은 청춘들이 상처받고 좌절당해 목숨을 끊는 것은 바로 등수 때문이야. 시험이 한 줄로 줄 세우기의 식의 등수 매기기가 아니라, 모두 탈락하지 않고 모두가 만족하는 배움의 과정이 되면 좋겠어."

"이상적인 생각을 갖고 계시군요. 일단 저는 월요일에 시험을 봐야 합니다. 시험이 끝난 뒤에 봐야 할 것 같아요."

니콜라의 딱정벌레차는 어느덧 아파트 정문에 도착했다. 새벽 3시 50분이었다. 아담이 깰까 봐 현관문을 소리 없이 열고 뒷발치를 세우고 조심조심 거실을 지나서 내 방으로 들어가려는데, 안방에서 엄마의 코 고는 소리가 들렸다.

조용히 잠옷으로 갈아입고, 세면대로 가서 가볍게 고양이 세수를 하고, 이를 닦으며 거울을 들여다봤다. 오랜만에 거울에 비춰본 내 얼굴은 예전보다 훨씬 번지르르 윤기가 나 보였다. 엄마의 화장품을 몰래 바른 덕분이라기보다는, 아무래도 다양한 지식을 습득한 지성미의 발산 때문이라는 생각이 들었다.

나는 거울 앞에서 동화책 백설 공주에 나오는 못된 왕비처럼 주문을 외웠다.

"거울아, 거울아, 세상에서 누가 제일 예쁘니?"

거울은 대답하지 않았다. 그래서 질문을 바꾸었다.

"거울아, 거울아, 세상에서 누가 제일 똑똑하니?"

거울은 역시 아무런 대답을 하지 않았다. 소파에서 졸고 있던 아담이 어느새 다가와 내게 컹컹 짖었다. 마치 내 질문에 답하는 것처럼.

엄마 품 안의 아담 곁에 누웠으나 잠이 오지 않았다. 밤새 열렸던 동굴 총회를 하나씩 떠올려봤다. 여든의 나이에 사랑을 위해 스스로 목숨을 끊은 주느비에브. 자신의 심장에 비수를 꽂은 그녀를 구원자라고 말하던 파스칼….

그런데 자살하면 구원을 못 받는다는 이유는 왜일까? 주느비에브의 사후세계는 어떠할까? 우리가 만든 공감력 증강 매뉴얼은 제대로 효과를 낼까? 그리고 뤼넷트 아저씨가 말한 대로, 공감력 증강 매뉴얼의 보조제로 사용할 플라세보 약은 어떻게 만들고, 어떻게 사용하면 좋을까? 커튼 사이로 내비치는 달빛이 구름에 가려서인지 더욱 진한 어둠이 방안에 내려앉았다. 왠지 무서운 생각이 들어 고개를 돌려 아담을 살짝 밀어내고 엄마 품으로 파고들었다.

그래도 잠이 오지 않았다.

할 수 없이 일어나서 몽유병 환자처럼 거실의 소파에 누워서 습관대로 TV를 켜고선 넷플릭스 채널을 돌렸다. 마침 잘생긴 키아누 리브스가 주인공 네오로 나오는 〈매트릭스〉가 추천 영화로 뜨기에, 별생각 없이 버튼을 눌렀다.

모피어스가 파란약과 빨간약을 양쪽 손에 들고서 주인공 네오에게 파란약을 먹으면 보고 싶은 것만 보게 되고, 믿고 싶은 것만 믿게 되며, 진실을 보지 못한 채 거짓의 세계에서 평범한 일상을 함께 한다고 말한다. 어쩌면 네오가 모피어스를 만났던 기억조차 모두 없어질지 모를 일이다. 반면, 빨간약을 먹으면 파란약으로부터 파생되는 거짓의 세계를 뚫고 진실의 세상을 볼 수 있다고 모피어스는 말한다. 어떤 세계인지는 뚜렷하지 않지만 그게 진실된 세계라는 것이다. 네오는 한 치의 망설임도 없이 빨간약을 집어 든다.

모피어스의 선글라스를 통해 빨간약을 집어 드는 네오의 모습이 보인다.

'능구렁이 모피어스에게 속았군.'

답답한 네오가 약을 삼키는 모습을 보면서 피곤함이 몰려들어 잠시 잠이 들었다.

조금 뒤 누군가 나를 흔들어 깨웠다. 네오였다. 그는 내게 파란약을 주면서 그걸 삼키면 기분이 좋아질 것이라고 말했으나, 나는 삼키지 않았다.

그러자 그는 이번엔 내게 달콤한 미소를 지으면서 빨간약을 주었다. 예기치 않은 그의 살인미소에 나는 그만 물도 마시지 않은 채 빨간약을 꿀꺽 삼켰다.

네오는 내게 충고하듯 말했다.

"민주, 너는 지금까지 너 자신이 노예라는 사실을 모른 채 살아왔어. 그동안 진실이 가려졌던 거지. 너의 삶이 잘못된 세계, 진실이 가려진 세계, 그리고 노예인 줄 모르는 세계 속에 있다는 것을 깨달아야 해. 이제부터 달라질 거야!"

내가 빨간약을 꿀꺽 삼킨 뒤 답답해하자, 네오는 물잔을 권하면서 말을 이었다.

"흔히 노예의 삶을 사는 이들은 자신의 알량한 지식과 권력이 본인에게서 나온다고 착각하지. 일종의 착시현상이 영원할 것이라고 믿는 거지. 하지만 넌 진실 추구의 빨간약을 선택했어. 너는 진실을 알기 전에 빨간약을 선택함으로써 불편한 진실을 알게 되는 고통을 겪게 되지만, 이 과정을 통해 깨달음을 얻고 영원히 부활하게 될 거야."

나는 네오의 수수께끼 같은 얘기가 알쏭달쏭해서 고개를 갸웃했다.

"그럼 네오 아저씨는 빨간약을 먹고 궁극의 부활을 얻었나요? 영화의 마지막이 모호해요."

"빨간약은 '변화'를 의미하고, 바꿀 수 없는 현실을 뛰어넘으려는 사람에게는 신념의 상징이 되는 약이지. 무엇보다 중요한 것은 내가 빨간약을 선택한 것은 진실을 알기 전의 선택이었어. 나쁜 놈으로 익히 알고 있는 레이건도 나와 마찬가지로 '빨간약'을 선택했지만, 9년이 지나고 나서야 자신의 신념을 바꾸어 '파란약'을 먹을 걸, 하고 후회했지. 레이건은 매트릭스를 통해 스미스 요원을 은밀하게 만나 스테이크의 맛을 게걸스럽게 음미하며 '이것이 진짜가 아니라는 것'을 알면서도 혀끝에서 느껴지는 고기 맛과 뇌를 통한 만족스러운 느낌 탓에 거짓을 받아들였지. 결국, 스미스 요원에게 협조하기로 하고, 깨달은 진실을 힘겹게 감당하기보다 거짓된 진실이라도 달콤한 삶을 살기로 작정한 거지."

나는 그의 긴 설명에 내 생각을 덧붙였다.

"하지만 그것은 진실한 내 삶이 아니잖아요! 어떻게 거짓과 부정이 내 삶을 지탱할 수 있겠어요?"

네오는 내 말에 동의하는 듯, 고개를 끄덕이며 말을 이었다.

"그래서 레이건은 거짓된 삶의 압박감을 벗어나려, 자신의 모든 기억을 지우길 원한 거지. 그가 스미스 요원에게 매트릭스의 거짓된 세계에서 명성과 부와 영향력을 가진 존재로 다시 태어나게 해 달라고 요청하며, 동시에 자신의 과거기억을 모두 삭제해 달라고 부탁하지. 결국 레이건은 진실을 알기 전에 빨간약을 선택함으로써 진실을 깨달았지만, 결국 진실을 알기 전으로 숨으려 했던 거야."

"그럼, 네오 아저씨와 나도 나중에 레이건처럼 빨간약을 삼킨 것을 후회하지 않을까요?"

"아냐. 그렇지는 않아! 나와 너는 모두 신념과 확신에 찬 존재들이지. 신념이 무너진 레이건과는 차원이 다르지. 그리고 중요한 것은 우리에겐 무한의 사랑이 있다는 거야. 너는 네 곁에 너를 항상 염려하고 지켜주는 엄마와 사랑스럽고 귀여운 아담이 있다는 것이고, 나는 나를 사랑하며, 죽기 직전의 나에게 키스를 함으로써 나를 되살린 트리니티라는 여인이 존재한다는 것이지. 그렇지 않아?"

나는 얼굴을 살짝 붉힌 네오의 미소년적인 얼굴을 들여다보며, 평소 엄마의 사랑을 의심했던 나 자신이 부끄러웠다.

네오는 내 마음을 읽은 듯, 미소를 지으며 말을 이었다.

"어쩌면 대부분 사람은 진실을 알고 싶어 빨간약을 선택할지 몰라. 하지만 중요한 것은 진실을 알고 난 이후의 선택이야. 누구는 빨간약을 먹은 것을 후회하고 모든 것을 원점으로 돌려주는 파란약을 선택하기도 하고, 또 누구는 빨간약 이후의 세계에 대한 진실을 신념과 확신으로 이끌고 승화시키려 하지. 영화에서는 빨간약과 파란약을 선택한 이들의 승패가 명확하게 나뉘었으나 네가 사는 현실에서는 불명확하지. 그렇지 않아?"

나는 고개를 끄덕여 그의 말에 동의했다.

"사실, 현실에서는 진실이 거짓으로, 거짓이 진실로 포장되는 불행한 일들이 자주 일어납니다. 누군가는 자신이 먹은 빨간약을 토해내고, 다시 파란약을 선택하여 거짓을 정의라고 자처하고, 누군가는 빨간약을 먹고서 이런 거짓된 현실에 상처받고 분노하며 이를 바로잡기 위한 목숨 건 행동을 하겠지요. 네오! 당신처럼요. 하지만, 현실에서는 당신처럼 목숨까지 걸 필요가 없습니다. 나 자신과 이웃, 그리고 우리 모두가 현실 속의 네오가 되면 되지 않을까요? 우리의 선택에 대한 신념과 확신을 갖고요!"

네오는 흐뭇한 표정을 지으면서, 나를 와락 안아 주었다. 그는 짊어지고 있던 배낭 가방에서 빨간약 봉지를 한 아름 꺼내어 내게 안겨주었다.

"영화에서는 내가 주인공이지만, 현실에서는 네가 주인공이야! 너의 선택을 응원할게."

빨간 약을 받아든 나는 알 수 없는 힘에 이끌려 그만 뒤로 넘어지고 말았다.

소파에서 떨어진 나는 〈매트릭스〉가 끝난 뒤 겉도는 넷플릭스 채널의 화면을 끄고서 볼펜을 꺼내 꿈의 기억을 빠르게 메모했다.

'파란약 vs. 빨간약, 거짓 vs. 진실, 의심 vs. 신념, 그리고 사랑!'

길냥이와 유기견

정신을 차리니 8시 40분이었다. 안방 문을 살짝 열어보자, 엄마와 아담은 잠을 자고 있었다. 학교에 늦을까 싶어, 서둘러 세수를 하고 옷을 갈아입은 뒤 우유 한 잔을 들이켰다. 심호흡하고서 엄마가 깰까 봐 조용히 현관문을 열었다. 그나마 학교가 집에서 가까운 게 다행이지만 담임선생님의 조회까지 고작 10분 남아서 긴장되었다. 전교 1등이 지각이라니, 있을 수 없는 일이다. 나는 뛰었다. 이렇게 뛰면서 학교에 가는 것은 나답지 않은 일이라는 생각이 들지만, 왠지 모범생은 지각하면 안 될 것 같았다. 가까스로 조회시간 2분 전에 도착했다. 교문에 학생들이 전혀 보이지 않았다.

"너무 늦었나 보네. 모범생 되기가 쉽지 않군."

이미 지각한 것 같아 자포자기의 심정으로 천천히 걸어가고 있는데, 경비아저씨가 나를 불러 세웠다.

"학생, 오늘이 쉬는 날인 줄 몰라! 도서관은 10시에 문 여는데….”

“뭐라고요?”

“개교기념일이잖아!”

“네? 뭐 그런 게 있어요?”

“우리 학교 학생 맞아? 낯이 익긴 한데….”

나는 뒷걸음쳐서 다시 교문 밖으로 나왔다. 아무래도 요즘 내가 너무 뱀파이어들과 어울리면서 학교생활을 소홀히 했나 보다. 갑자기 시간을 공짜로 얻은 느낌이 들어 마음의 여유가 생겼다. 집에 다시 들어가기도 그렇고 해서 공원 벤치에 앉아 스마트폰에서 엄지손가락을 움직여 친구들의 이름을 훑어보는데, 지훈이라는 이름이 빠진 걸 발견했다.

‘지훈이는 어떻게 지내고 있을까?’

지훈이의 무기정학이 언제쯤 끝날지 궁금했다. 그와 친하게 지내는 윤진에게 전화를 걸었다. 신호음이 한참 지나서야 소리가 들렸다. 윤진은 속삭이듯, 아주 조용한 목소리로 말했다.

“여기 스터디 카페야. 문자로 하면 안 돼?”

나는 문자를 보냈다.

혹시 지훈이 소식 아니? 그리고 웬 스터디카페?

- 전 남친 소식이 궁금해?

　뭐, 그냥 그런 거지. 걔는 어떻게 지낸다니?

　- 학교에 돌아올 지 안 돌아올 지 잘 모르겠어. 듣기로는 8월에 시험 보는 대입검정고시를 준비한다던데.

　그거 어렵지 않나? 어디서 공부하는데?

　- 궁금하면 전화해 봐! 지훈이 번호 삭제했지? 내가 번호 남길게.

　윤진은 카톡으로 내게 지훈이의 번호를 보내왔다. 생각할 겨를도 없이 나는 숫자를 클릭했다. 지난번 결별 때 홧김에 녀석의 전화번호를 지웠고, 카톡과 페이스북과 같은 SNS를 모두 차단했었는데, 내가 녀석에 다시 전화할 줄이야. 전화 너머에서는 3인조 혼성그룹 에이트의 노래가 속삭이듯 내 귀를 간지럽혔다. 여성 보컬의 애잔한 음색이 마치 요즘 지훈이의 마음을 전해주는 듯싶었다. 노래가 끝날 때까지 지훈이는 전화를 받지 않았다.

　……

　난 사랑을 잃고 부르네! 그댈 그리는 이 노래

　눈부시게 태양이 빛나네 사랑이 떠나고

난 이렇게 울고 있는데 내 눈가에 눈물이 흘러도
바람은 여전히 기분 좋게 나를 지나네

......

사랑을 잃고 부르네! 나의 이 노래가 너를 그리네
왜 너와는 항상 티격태격 했던 건지
이제 와 다시 돌아보니 후회 가득
난 노래해 Every day
Don't worry, be happy

다시 한번 전화를 걸까 하다가 그만두었다.

'왜 청승맞게 이런 사랑 노래를 듣는 거지?'

노랫말이 좋아 인터넷에 검색을 해보니 이 노래는 2007년에 발매된 곡이었고, 에이트는 꾸준히 활동하는 실력파 가수들이었다. 지훈이의 음악 취향이 원래 이런 레트로였나? 작년에 노래방에서 지훈과 윤진, 그리고 내가 서로 마이크를 잡으려 티격태격했던 일이 기억이 났다. 생각해보니 윤진은 BTS의 노래를, 나는 브레이브걸스의 노래를 신나게 불렀고, 지훈이는 우리가 잘 모르는 3인조 혼성그룹의 노래를 불렀던 것 같다.

푸른 사과의 비밀

'그때 그 노래가 이 노래였던가? 왜 나는 에이트를 잘 몰랐지?'

에이트의 노래를 다시 듣고 싶어 지훈이의 번호를 누르려 하는데 휴대폰이 울렸다.

"민주니? 오랜만이야."

"응, 넌 학교 자퇴했다면서…. 어때?"

"마음은 편해. 간섭받지 않아서."

"네가 편하다니, 다행이야."

"아 참, 며칠 전에 TV 뉴스에 네가 불길에서 춤추는 모습이 나오더라."

"그걸 봤어?"

"춤추는 모습이 희한해서 대번에 너인 줄 알았어. 너의 팔자걸음춤이 확 눈에 띄던 걸. 근데 왜 화재 현장에서 혼자 춤을 췄어?"

"나중에 만나서 말해줄게."

나는 전화로 자초지종을 말할까 하다가 아침부터 미친 애 취급받을까 봐 답변을 뒤로 미뤘다. 지훈이는 CCTV에 잡히지 않은 니콜라의 존재를 눈치채지 못한 채, 내가 혼자 미쳐 날뛴 장면만 본 것 같았다.

"근데, 너 중간고사에서 전교 1등 했다며? 너무 놀라서 기절할 뻔했어."

"그 정도로 놀랐어?"

"이제 너한테는 1등이 별것 아니겠지만, 1등 한 번 못해 본 나로서는 대단한 거지. 더욱이 나랑 가까웠던 네가 1등 했으니 말이야."

"우리가 가까웠었니? 얼마만큼?"

"어느 정도는…."

"그게 몇 센티나?"

"……."

"10센티?"

"넌 내 손을 잡아본 적이 없잖아. 늘 10센티에서 멈췄잖아."

"그래도 우리는 가까웠잖아."

"하긴 우리가 그땐 가까웠지. 네가 주현이에게 넘어갔을 때까지만 해도 말이야."

"주현이와는 얼마 전에 끝났어. 너랑은 10센티였지만 걔 랑은 잘 모르겠어. 어떨 땐 거리감이 없다가도, 또 어떨 땐 오리무중이었거든."

"그런데 서로 좋아 죽고 못 살던 애들이 왜 헤어진 거니?"

휴대폰 너머로 지훈이의 머뭇거리는 표정이 읽혔다.

"주현이가 먼저 헤어지자고 했어. 자기와 더 가까워지면 내가 불행해진다나. 알 수 없는 말만 남기고 내 전화를 받질 않아."

지훈이는 잠시 긴 한숨을 쉬다가 울먹거렸다. 자기의 전 여친에게 별 얘기를 다 하고선 눈물이라니, 바보 같은 녀석….

"그래서 청승맞은 음악으로 전화벨 소리를 설정한 거야?"

지훈이는 이제 좀 진정된 듯, 쑥스러운 목소리로 말했다.

"그냥 기분이 그렇다는 거지. 슬프고 원망스럽고…. 너도 떠나고, 주현이도 떠났잖아."

"뭘 원망스러워? 내가 떠난 게 아니라, 네가 떠났잖아. 정확히 말해야지!"

나는 녀석이 곁에 있으면 한 대 쥐어박고 싶었다. 문득 지훈이는 나를 가까운 여사친 정도로밖에 여기지 않았는데, 나 혼자 심각했었다고 생각하니 허탈한 웃음이 나왔다. 나는 짐짓 태연한 척하며 나의 속내를 말했다.

"난 한 번도 너를 떠나지 않았어. 늘 그대로인걸. 우리는 여전히 좋은 친구 사이라고 생각해."

"네가 말한 대로 우리는 가까운 사이였던 건 맞아. 하지만…."

나는 그에게 '뭐가 하지만야? 너는 주현이를 사랑했잖아' 라고 따지고 싶었으나, 긴 한숨만을 내뱉었다.

"……."

"……."

잠시 어색한 침묵이 흘렀다. 내가 먼저 침묵을 깼다.

"이제 어떻게 지낼 거야?"

"자퇴하긴 했지만 대학을 가려고 대입 검정고시를 준비 중이야. 넌? 아마 잘 지내겠지만."

"난…."

마음 같아선 "야 인마, 너 때문에 물귀신이 될 뻔했어!"라 고 소리 지르고 싶었지만, 차분하면서도 담담한 목소리로 답 했다.

"네가 놀라겠지만, 난 인류의 현재와 미래를 고민 중이야. 인류의 탐욕을 막고, 인류가 다른 종들과 어떻게 조화를 이 루어 공존할 수 있을지, 또한 저 세상의 다른 종들도 어떻게 인류와 평화적 공존을 도모할 수 있을지에 대해서…."

"민주야, 암튼 잘 지내는 거지? 확실히 전교 1등은 뭔가 다르구나. 어디 아프진 않고? 목소리가 살짝 이상하네. 요즘 엔 사소한 감기라도 병원에 가봐야 한다던데…."

나는 지훈이의 입에서 '병원'이라는 단어가 나오기가 무섭게 그의 말을 가로챘다.

"얼마 전에 치과에 가서 송곳니를 모두 뽑고 나서, 그 자리에 좀 날카로운 송곳니를 만들어 넣었어."

"왜?"

"날카로운 송곳니를 갖고 싶었어."

지훈이는 갑자기 웃음을 터트렸다.

"송곳니를 어디에 쓰려고? 뱀파이어라도 된 거야?"

지훈이의 말에 장난기가 발동했다.

"네가 원하면 네 목을 물어줄게. 너랑 헤어진 주현이의 목도 구멍 내줄 수 있어."

"아직까지 나를 미워하는구나. 그렇게 해서라도 나에 대한 미움을 거둘 수 있다면, 얼마든지 날 깨물어도 돼."

"아, 그래? 다음 주에 기말고사가 끝나니까 잠깐 만날까? 그때 만나서 서로 생애 최초의 접촉이라는 걸 해보자. 목 깨끗이 닦고 와. 나도 칫솔질 잘할 테니까."

"정말로 내 목을 깨물 거야?"

"왜? 아플까 봐? 안 아프게 벌처럼 순식간에 깨물게. 넌 나의 첫 번째 분신이 되는 거지."

"뭔 소리야?"

목소리를 들어보니 지훈이 내 말뜻을 잘 모르는 것 같았다. 뱀파이어계에 관해서 설명을 덧붙일까 하다가 아무래도 지훈이를 직접 만나서 겁을 잔뜩 주어야 할 것 같았다. 겁이 많은 녀석이라 "네 목을 내가 물면 너의 송곳니를 펜치로 뽑아야 한다"는 얘기를 들으면 기절초풍할지 모를 일이다. 새로운 사랑을 찾아 나를 떠난 지훈이에게 복수할 걸 생각하니 괜히 기분이 들떴다.

"그런데 궁금한 게 있어. 네 휴대폰 통화연결음으로 나오는 음악에 사랑을 잃고 그대를 그리워한다는 가사가 나오잖아. 그게 누굴 말하는 거야?"

"그냥 노래일 뿐이야."

"아무리 노래라도 그렇지. 그게 나야?"

"그냥 노래 가사일 뿐이라니까."

나는 그의 어정쩡한 답변에 약간 실망하면서, 아무래도 주현이와의 이별을 더 슬퍼하는 게 틀림없을 지훈이의 목덜미를 더욱 깨물고 싶어졌다.

"그래, 눈물이 나올 때 실컷 슬퍼해. 두고 봐. 네 목에 구멍 내서, 인간계의 세속적인 사랑의 굴레에 갇힌 너를 구원해 줄게."

마스크를 벗은 채 어느새 하늘 가운데에서 쨍쨍 햇볕을

내리쬐는 태양을 향해 입을 크게 벌리고 날카로운 송곳니를 만져보았다.

터벅터벅 걸어서 집에 돌아오니, 엄마가 근처 중학교의 급식 아르바이트로 일 나갈 채비를 하고 있었다.

"어디 다녀오니?"

"학교."

"개교기념일이잖아."

"엄만 알고 있었어?"

"진즉에 알았지. 작년, 재작년에도 학교에 안 갔잖아. 네가 날짜를 헷갈리다니, 심적 부담이 큰 탓이야. 이번에는 1등 안 해도 돼."

나는 엄마의 말에 피식 웃음을 지어 보였다. 화이트톤의 옷을 입은 엄마는 냉장고 문을 열고 아담에게 말린 황태를 찢어 간식으로 던져 주고선, 급히 현관문을 열고 나갔다.

오전 11시. 나는 엄마가 만든 크루아상을 뜯어 먹으면서 우유 한 컵을 따라 마셨다. 책상에 앉아 시험과목의 책들을 꺼냈으나, 배가 부르니 저절로 졸음이 쏟아졌다. 얼마나 잤을까? 니콜라가 나를 흔들어 깨워 기말시험 참고서를 던져 주었다.

"이건 기말고사 참고서야. 100퍼센트 적중이지."

"니콜라, 시간 낭비 안 하게 그냥 기말고사 답을 가르쳐주면 안돼요?"

"그건 부정행위야!"

"지금처럼 참고서를 받는 것은 괜찮고요?"

"다른 애들도 비싼 학원의 1타 강사나 과외선생에게서 족집게 과외를 받고 있어. 그러니까 네가 굳이 죄책감을 가질 필요는 없지. 다만, 네가 받은 참고서는 적중률이 훨씬 높은 게 다른 거지."

"이번에도 제가 1등 해야 할까요? 왜요?"

"더 큰 일을 하기 위해서지."

"1등을 해야만 큰일을 할 수 있을까요?"

"꼭 그런 건 아니야. 시험공부를 하면서 네가 모르는 지식을 쌓는 게 중요하지. 내가 너에게 정답이 아닌 예상문제를 주는 것은 공부하면서 짧은 시간에 네 지식을 확장하라는 의미야. 단순히 네가 1등만 하길 바란다면 정답을 주겠지만, 지식을 확장하고, 동시에 좋은 점수를 받으라는 의미에서 참고서를 주는 거야."

푸른 사과의 비밀

"알았어요. 니콜라의 말대로 참고서를 공부할게요."

니콜라는 내일 저녁 7시에 있을 공감력 증강팀의 회의에 참석해 달라고 말하며 그때까지 집중해서 공부하라면서 자리를 떴다. 현관문 여닫는 소리가 들리는 걸 보니 그가 나가는 듯싶었다. 나는 니콜라가 준 기말고사용 참고서를 꼼꼼히 읽었다. 지식 확장의 의미를 스스로 부여하니, 공부하는 게 너무 재미있었다. 국어, 영어, 수학, 과학의 순서대로 참고서를 읽고, 외우고, 요약하면서 공부하다 보니 어느덧 배가 출출했다. 뱃속에서 나도 모르게 꼬르륵 소리가 났다.

"민주야, 밥 먹고 자라!"

"저, 자는 게 아니라 공부하는 거라고요!"

"그런 애가 태평하게 잠을 자니? 아까 엄마가 들어와도 세상모르게 자던데."

"어, 열심히 공부했는데….."

"일어나, 공부하든 잠자든 간에 저녁은 먹어야지."

나는 아담이 곁에서 컹컹 짖는 소리에 눈을 떴다. 꿈이었다! 책상 위의 메모지에는 내가 잠자면서 끄적거린 흔적들이 읽기 힘든 상형문자처럼 적혀 있었다.

식탁에 앉으니, 내가 좋아하는 잡채와 떡볶이가 식욕을 자극했다. 포크로 빨간 떡볶이를 찍으려는데, 엄마가 말을 꺼냈다.

"아무리 기말고사가 중요한 시험이라지만, 요즘 너무 무리하는 것 같구나. 너 같지가 않은 느낌이야."

"원래 저 같은 모습은 어떤데요?"

"엄마랑 저녁을 같이 준비하고, 아담을 산책시키기도 하고, 쓰레기 분리수거도 하고, 또 엄마랑 드라마도 같이 보고…. 다정다감한 모습이지."

"안 하던 공부를 갑자기 하려다 보니…. 이번 시험만 끝나면 예전의 모습으로 갈게요."

"아냐, 그럴 필요까지야. 지금이 훨씬 좋아. 넌 다른 데 신경 쓰지 말고, 대학 갈 때까지 지금처럼 공부에만 집중해."

엄마의 오해에 나도 모르게 웃음이 나왔다. 나는 웃음을 참느라, 얼른 물잔을 들이켰다.

"떡볶이가 너무 맵니?"

이른 저녁 엄마와 같이 식사를 하고 나서 아담을 앞세워 산책길에 나섰다. 해가 긴 여름이어서인지, 저녁 6시인데도 밖이 환했다.

아담은 오랜만에 누나랑 산책해서인지 너무 신난다는 몸짓을 했다. 뛰다가 걷다가 나무와 풀, 돌에 코를 킁킁거리며 전봇대에 가랑이를 벌려서 영역을 표시하기도 하고, 다른 강아지들에게 컹컹대며 인사를 나누었다.

아파트 단지의 끝자락에서 빌라촌으로 이어지는 지점에 왔을 때, 고양이 세 마리가 고개를 내밀었다. 한 마리는 빨간 담벼락 위에서 의심스러운 눈빛으로 우리를 바라보았고, 또 한 마리는 공터에 주차된 자동차 아래에서 긴장한 채 "야옹" 하고 소리 내고 있었으며, 다른 한 마리는 슬그머니 내 곁에 다가와 내 종아리에 기다랗게 수염 난 얼굴을 비볐다. 친근감을 적극적으로 표현하는 이 녀석은 온몸이 시커먼 검은 고양이었다.

조금 놀랐지만, 곁에 있는 아담을 의식해 의연한 척하며 녀석에게 손을 내밀었다. 아담이 어느새 중간에 끼어들어 꼬리를 흔들며 질투를 하고, 검은 고양이는 그게 아니꼬운지 점프해서 빨간 담벼락에 올라 "야옹"하는 소리를 냈다.

몇 걸음을 내디뎌 다세대 주택들이 즐비한 골목길에 들어섰다. 골목길을 조금만 더 들어서면 지훈이의 집이다. 지훈과 사이가 좋았을 때는 몇 차례 이 골목길을 함께 걷고는 했다. 아파트 단지들이 반듯한 대로로 구획되고 건물들이 딱딱한 골조와 차가운 시멘트로 이뤄진 직사각 형태라면, 빌라촌은 헝클어진 국수 가락처럼 꼬불꼬불했다. 건물들은 세월의

더께가 덕지덕지 밴 듯 낡고 닳았고, 낮은 담벼락을 통해 보이는 뜰 안에 자란 감나무와 대추나무의 열매는 조금만 까치 발을 세우면 바로 손에 닿을 것만 같았다.

골목길 언저리의 작은 공터에는 장미꽃과 진달래, 봉숭아 와 채송화, 그리고 이름 없는 꽃들이 활짝 웃으며 나와 아담 을 반겼다. 생각해 보니 지훈이 열일곱 번째 내 생일에 건네 준 장미꽃 17송이는 여기에서 꺾어서 준 것 같아, 나도 모르 게 미소가 지어졌다.

아담은 뭐가 그리 신나는지, 골목길을 누비면서 깡충깡충 뛰었다. 몇 걸음을 걸었을까? 고양이들이 낯선 방문객을 염 탐하듯 고개를 내밀다가 금세 사라지고, 닥스훈트, 리트리버 와 신놋개, 그리고 불독을 닮은 믹스견 몇 마리가 꼬리를 흔 들면서 우리에게 다가와서 아담과 머리를 맞대며 '밀담'을 나누었다. 요크셔테리어 종인 아담은 자기보다 덩치가 다섯 배나 큰 개들과 서로 냄새를 맡으며 빙글빙글 돌기도 하고, 고개를 끄덕이며 컹컹 짖었다. 어떤 내용일까? 궁금증을 참 지 못해 그들의 대화를 들으려 귀를 쫑긋 세웠으나 끝내 알 아들을 수 없었다.

개들이 꼬리를 접고 어디론가 사라지자, 아담은 앞장서서 길을 안내했다. 목줄을 걸친 녀석이 이렇게 적극적으로 나를

　　　　　　　　　　　　푸른 사과의 비밀

끌다시피 앞서 나아가는 것은 처음 있는 일이었다. 골목길을 돌아서니, 마치 폭격을 맞은 것처럼 무너지고 잘려나간 건물들이 나왔다. 늦은 시간인데도 굴착기 몇 대가 360도 회전하면서 건물을 내리치고 있었고, 버킷 굴착기는 트럭에 잔해와 토사를 옮겨 싣고 있었다. 피부색이 파키스탄인 같기도 하고, 방글라데시인 같기도 한 외국인 노동자가 골목길을 막으며 혀 짧은 소리로 말했다.

"죄송하지만, 다른 길로 가주세여!"

"뭔 공사해요?"

"아파트. 곧 끝나요."

"여기에 살던 사람은요?"

"몰라요."

아, 그래서 동네에 적막감이 흘렀구나. 그러고 보니, 여태껏 이 동네 사람들을 본 적이 없었다. 건물들은 모두 텅텅 비었고 사람들은 모두 어디론가 떠났다. 그 빈자리에 사람들이 미처 챙기지 못했거나 혹은 버리고 간 강아지들과 고양이들, 그리고 빨간 담벼락에 기대어 위태롭게 뿌리를 내린 감과 대추나무, 이름 모를 꽃들이 남아 낯선 우리를 맞아주었다. 왠지 스산한 서글픔이 치밀어 올랐다. 아담은 굴착기가 움직일 때마다 기사를 향해 컹컹 짖었다. 아담은 이제 유기견과 길냥이 신세가 된 믹스견과 고양이들의 신세가 안타까운지, 처연하게 나를 바라보았다.

"아담, 그런 눈으로 나를 바라보지 마."

"끙끙."

"쟤네들을 모두 입양하면 좋겠지만, 그렇게 하면 엄마가 나를 죽일 거야."

"……."

나는 눈물에 젖은 아담의 검은 눈망울을 바라보았다.

"너무 슬퍼하지 마! 뭔가 방법을 찾아볼게."

그제야 아담은 앞발을 들어 내게 안아 달라고 했다.

아담을 안은 채 지훈네 집으로 향했다. 이미 이 동네에도 굴착기가 지나간 탓인지 건물들은 모두 파괴되었고, 사람들의 자취는 보이지 않았다. 지훈네 집은 폭삭 내려앉아 먼지만 자욱했다.

얼마 전 지훈과 통화한 번호를 찾아서 버튼을 눌렀다. 신호음이 몇 차례 갔지만 지훈이는 전화를 받지 않았다. 몇 분후, 지훈이에게 전화가 걸려왔다.

"아까 전화를 못 받아서 미안해. 여긴 병원이야."

"네가 왜 병원에 있어?"

"아빠가 뇌출혈로 쓰러지셨어."

"어느 병원인데?"

"나중에 전화할게."

지훈이는 서둘러 전화를 끊었다. 지훈이네 가족에게 무슨 일이 생긴 게 틀림없어 보였지만, 내가 할 수 있는 건 그저 지훈이의 아빠가 당장에 회복하길 바랄 뿐이었다.

집에 돌아오니 엄마는 평소와 다르게 TV 드라마 대신에 책을 읽고 있었다.

"산책은 잘했니? 내일은 네게 중요한 시험이 있으니 엄마가 네게 방해가 안 되도록 TV 드라마를 안 보기로 했어."

"뭔 그런 말도 안 되는…."

"왜, 싫어?"

"엄마가 하고 싶은 대로 해. 난 탱크 소리에도 집중할 수 있거든."

"그럴까?"

"당연하지."

엄마는 TV 채널을 이리저리 돌리다가 드라마 대신에, 부동산 뉴스 채널을 켰다.

"최근 부동산 가격의 폭등이 심상치 않습니다. 더 늦기 전에 내 집 마련의 꿈을 이루기 위해 젊은 층이 영혼까지 끌어들이는 이른바 영끌을 통해 묻지마 투자에 나서면서, 아파트 가격은 25주 연속 상승세를 이어가고 있습니다. 특히 신임 시장의 재개발 규제 완화 발언으로 빌라촌이 아파트 단지로 개발되면서 졸지에 쫓겨나게 된 전·월세입자의 이주 문제가 새로운 사회 문제로 대두되고 있습니다."

엄마는 뉴스를 보면서 안도의 숨을 내쉬었다.

"네 아빠가 이 아파트라도 남기고 갔으니까 그나마 다행이지. 내가 융자 갚느라고 뼛골이 빠질 지경이지만 이거라도 없었으면 길거리에 나앉을 뻔했다."

"누가 길거리에 나 앉았어?"

엄마는 나의 질문에 혀를 차면서 말을 덧붙였다.

"저 건너편의 빌라촌 소식 모르니? 거기에 고층 아파트 짓는다고 세 든 사람들을 모두 쫓아내고 있잖아. 네 친구 지훈이네 아빠가 집 때려 부수려는 굴착기를 막다가 쓰러졌잖니. 쯧쯧."

"근데 왜 거기에 아파트를 짓는다는 거야?"

"그놈의 돈 때문이지. 돈에 걸신들린 인간들이 집주인들을 꼬드겨서 더 큰돈을 벌어 주겠다고…."

부동산 채널을 보려는데, 엄마가 갑자기 TV를 끄고 책을 꺼냈다.

"내일 시험 아니니? 이제 네 방에 가서 시험공부 해. 엄마도 공부해야 해."

나는 엄마가 집은 책의 제목을 얼핏 보았다.

『제빵사 2급 필기시험』

책상에 앉아 그동안 애써 잊고 지낸 지훈이의 얼굴을 새삼 다시 떠올려보았다. 밝고 씩씩한 지훈이는 다른 아이들이 사소하게 여기는 들꽃이나, 낙엽, 길고양이, 유기견에 관심이 많았다. 수업이 끝나면 학원 차에 오른 아파트 단지 내 아이들과 달리, 운동장에 달려가 친구들과 축구하고 농구 경기를 하며 놀았다. 지훈이는 친구들이 빌라 사람들을 빌거(빌라 거지를 뜻하는 은어)라고 부르는 걸 개의치 않아 보였고, 나도 그런 사실을 전혀 의식하지 못했다.

아까 골목길에서 아담과 마주친 길냥이와 유기견들의 슬픈 눈을 떠올리며, 이들을 어떻게 할지 고민했다. 고민은 꼬리를 물고 계속 이어졌으나 도돌이표처럼 다시 그 자리에서 맴돌았다. 눈을 감은 나는 잠결에 니콜라를 불렀다. 어느새,

니콜라는 마치 기다린 듯이 내 등을 도닥였다.

"이럴 땐 어떻게 하는 거죠?"

"너무 걱정하지 마."

"반려인들에게 버림받은 귀염둥이들이 너무 불쌍해서 아무것도 못 하겠어요."

"오. 이런!"

"내일 시험 1등 하면 뭐해요? 지금 당장에 굶주리는 귀염둥이들을 위해 해줄 수 있는 게 아무것도 없는데….."

"강아지와 고양이가 귀여워?"

"그보다 얼마나 더 귀여워야 하는데요? 뭐, 고양이가 조금 신경질적이고 눈빛이 차갑지만, 정이 들면 얼마나 살가운데요. 앞발로 어깨도 꾹꾹 눌러 안마도 해주고요."

"그렇군. 고양이 한 마리 키워야겠어."

"설마, 강아지와 고양이를 잡아먹는 건 아니겠죠?"

"큰일 날 소리. 어떻게 우리가 신이 주신 생명을 감히 해칠 수 있겠어?"

니콜라는 더 이상 강아지와 고양이의 안전을 걱정하지 말라며, 내일 기말고사 시험 준비나 잘하라고 말하고 창문을 넘어 훌쩍 떠났다.

푸른 사과의 비밀

"민주야! 시원한 수박 좀 먹고 공부해!"

엄마의 문 두드리는 소리에 나는 두 눈을 비볐다. 거실로 가서, 두 송곳니를 크루아상 크기의 수박 조각에 꽂은 채 수분을 가득 빨면서 지훈이의 목덜미를 떠올렸다. 지훈아, 힘들더라도 조금만 참아. 네가 인간계의 고통을 벗어날 수 있도록 너를 불멸의 뱀파이어계로 이끌어 주마. 나는 한 번 더 송곳니를 수박 조각에 꽂은 채 한입에 수박 속을 갉아 먹었다. 마치 지훈이의 목덜미를 내 송곳니로 짓이기듯이.

엄마는 내 행동을 물끄러미 바라보다가 한마디 했다.

"네가 어지간히 수박을 먹고 싶었나 보다. 진작에 사 줄 걸…."

부동산 특집뉴스가 끝나자 엄마는 한숨을 내쉬며 아담을 안고 안방에 들어가고, 나는 내 방에 들어와 자다 깨다 꿈과 현실을 오가면서 기말고사 준비를 했다. 기이하게도 꿈속에 공부한 내용이 기억에 훨씬 더 생생하고 실감 나게 느껴졌다. 집중이 잘되어 시험 범위 넘어서까지 공부를 했다.

엄마가 문을 노크하는 소리를 듣고서야 나는 고개를 들었다. 창밖에는 어느새 어둠이 모두 걸렸다.

"든든하게 아침 먹어야지. 오늘 중요한 시험이잖아. 엄마가 쇠고기도 넣고 맛있는 뭇국을 끓였는데, 이거 먹고 파이팅 해."

뭇국을 한 숟갈 뜨다가 그만 구역질이 났다. 어제저녁 산책길에 만난 고양이와 강아지들의 비참한 모습이 갑자기 떠오른 탓이었다. 니콜라는 내게 "걱정하지 마라"라고 했는데, 뭘 어떻게 하겠다는 걸까? 이따가 오후에 만나면 꼭 물어봐야지.

이번에도 전교 1등을 했다. 시험문제는 꿈속에서 공부한 것이 많이 나왔으나, 현실에서 공부한 것도 제법 섞여 나왔다. 시험 기간 내내 꿈속의 공부만을 믿고 잠만 잤으면 거둘 수 없는 성적이었다. 기말고사에서도 1등을 하자, 선생님들은 모두 나를 특별대우해주는 것 같았고 반 아이들은 서로 내 옆에 앉으려 했다.

토요일 오전 모처럼 늦잠을 늘어지게 잤다. 아담이 컹컹 짖는 소리에 눈을 떠 보니, 아침 운동을 마치고 돌아온 엄마가 막 현관문을 열고 들어오고 있었다. 기지개를 켜면서 아담을 끌어안으며 녀석을 눕혀놓고 간지럼을 태우며 녀석의 코와 내 코를 맞대면서 놀았다.

엄마는 내게 다가오더니, 실감이 안 나는 듯 내 볼살을 잡

푸른 사과의 비밀

아당기며 "네가 또 전교 1등이라는 거지?"라며 연신 놀라워했다.

"어렸을 적부터 넌 남달랐어. 하나를 배우면 열을 깨달았지."

나는 미소 띤 얼굴로 엄마를 바라보았다. 엄마는 말을 계속했다.

"내가 없는 살림에, 태권도, 피아노, 바이올린, 영어학원, 미술학원, 수학학원에 너를 보낸 거는 네가 뭐든지 싹수를 보였기 때문이야. 아마도 네 아빠가 돈을 잘 벌고 네가 피아노를 계속했다면 조성진 이상의 피아니스트가 되었을 것이고, 성악을 했다면 조수미 이상의 성악가로 성장했을 거야."

"정말 그렇게 생각해?"

"당연하지. 넌 천재적이었어."

"엄마 말대로, 바보가 아니고?"

"내가 가끔 너를 바보 멍청이라고 야단친 건 너의 잠재력을 일깨워주고 싶어서였어.

엄마는 늘 이런 식이다. 어쩌면 모든 부모가 우리 엄마처럼 자식들에 대해 착각하는 듯 했다. 나는 그냥 미소만 지었다. 엄마의 기대와 자부심에 찬물을 끼얹고 싶지 않았다.

"오늘은 엄마가 한턱 쏠게. 한우 등심이나 먹으러 갈까?"

"그거 말고. 샐러드 바에 가면 어때?"

"그냥 한우 등심으로 해!"

"엄마 돈 없잖아!"

"네가 왜 엄마 주머니 사정을 걱정하니? 너답지 않게."

사실, 요즘 들어 고기 얘기만 들어도 속이 거북했다. 언제부터인지 고기를 먹으면 살을 에는 듯한 아픔이 느껴졌고, 동물들의 울부짖는 소리가 귓가에 맴돌았다.

"오늘은 고기를 못 먹겠어."

"그럼 오늘은 콩국수 집에나 가자."

엄마를 따라 동네에서 가장 맛있다는 두부 음식집에서 콩국수와 두부지짐을 먹으려는데 저 멀리서 레몬 향이 바람결에 느껴졌다. 아마도 니콜라가 나를 찾는 듯싶었다. 하지만 나는 천천히 엄마랑 콩국수 국물까지 다 마시면서 일부러 여유를 부렸다. 빨간 딱정벌레차가 창밖에서 얼씬거렸지만, 개의치 않았다. 오늘따라 왠지 나 자신을 내 의지대로 통제하고 싶은 생각이 들었다. 그렇다면 나 자신은 누구이고, 나의 의지란 무엇인가? 나는 더 이상 주목받지 못하던 그저 그런 학생이 아니라 전교생과 선생님 모두의 주목을 받는 우등생이 되었는데, 이게 어쩌면 나의 진짜 모습일 듯싶었다. 비록 뱀파이어의 도움을 받아 전교 1등을 했지만, 굳이 말하자면 내가 인간계 밖의 특별 과외를 받은 것이 다른 우등생 친구들이 고액의 찍기 과외를 받은 것과 어떤 차이가 있는 걸까? 나는 애써 나 자신을 합리화하는 논리를 생각해냈다. 그러니까 내 성적이 내 의지에 반(反)한다고 볼 수는 없는 것이며, 도덕적으로나 윤리적으로나 지탄받을 하등의 이유가 없다고 스스로 애써 다독거렸다. 하지만, 어딘가 허전한 구석이 메워지지 않았다.

엄마는 다소 경직된 내 안색을 살피며, "어디 아프니? 보약 좀 해줘야겠다"라고 말했다. 나는 손사래를 치면서 건강하다고 말하며 엄마가 남긴 콩국수 국물까지 마셨다.

엄마는 식당을 나와 다시 학교 급식 일을 나갔고, 잠시 엄마의 뒷모습을 지켜본 나는 니콜라가 골목길에 세워둔 딱정벌레차에 올랐다.

"역시 엄마에게 가장 큰 선물은 1등이야. 엄마의 발걸음이 가벼워 보이네."

니콜라는 마치 자신이 엄마에게 가장 큰 선물을 안긴 당사자라도 된 듯 뿌듯한 표정을 지으며 한마디했다.

"엄마는 원래 작은 선물에도 기뻐하는 분이에요. 1등이 아니어도 별 탈 없이 학교를 졸업하는 것만으로도요."

"하긴 그래. 근데, 이제 고기를 안 먹기로 한 거야? 그 맛

있는 등심을 말이야. 굶주리는 길냥이와 유기견을 보고나서
부터?"

"꼭 그런 건 아닌데 언제부터인지 고기를 보면 속이 불편
해지고 토할 것 같아요."

"이런, 우리 뱀파이어들을 닮아가는 거야?"

하지만 니콜라는 나의 변한 식성을 대수롭잖게 생각하는
것 같았다.

"뱀파이어들은 고기를 안 먹어요?"

"망원동 선언 이후 지금까지 육식을 금하고 있어. 선언문
부록을 읽어 봐. 식생활에 관한 규정을 알 수 있을 거야."

"몰랐어요. 나중에 읽어 볼게요."

나는 일요일 저녁 7시 합정동 파스칼의 아지트에서 만나
기로 한 그가 왜 일찍 왔는지 궁금해졌다.

"근데, 이렇게 일찍 웬일이세요?"

"나랑 가 볼 데가 있어."

"무슨 일인데요?"

"민주를 놀라게 해주고 싶어."

"제가 남들을 놀라게는 하지만, 웬만해선 제가 놀라지는
않잖아요."

"가 보면 알아."

푸른 사과의 비밀

전 남친의 목에 송곳니를 꽂다

니콜라의 딱정벌레차는 양화대교 남단의 선유도 한강공원 쪽으로 들어가 선상 카페 앞에 멈췄다.

"여긴 왜요?"

"너를 보고 싶어 하는 사람이 있어."

"……."

"궁금하지 않아?"

"도무지 누구인지 예측을 못 하겠어요."

"네가 가장 보고 싶어 하는 사람은?"

"아빠?"

"돌아가셨잖아."

"그럼, 지훈? 걔는 별로 안 보고 싶은데요…."

니콜라는 피식 웃었다.

"카페 안에서 파스칼과 셀린이 지훈과 얘기 중이야. 모두가 너를 기다리고 있어."

녀석이 꼴 보기 싫어 뒤로 돌아서자 니콜라는 그런 내가 웃기는 듯, 한마디 했다.

"아직 지훈이를 좋아하는 모양이네. 얼굴이 빨개진 걸 보니."

"아니거든요."

"그러면, 왜 지훈이를 안 보려는데?"

"까짓것, 같이 보죠."

한껏 자존심을 세우며 니콜라를 따라 카페에 들어섰다. 토마토 주스 3잔을 사이에 두고 뭔가 진지한 얘기를 나누던 셋은 우리를 동시에 바라보았다. 파스칼이 내게 손짓을 하며, 나를 지훈 곁으로 안내했다. 지훈이의 뺨에는 눈물 자국이 보였다. 못난 녀석, 뭔 눈물까지 흘리고….

셀린은 내게 다가와 넌지시 말했다.

"절두산 성당 종탑 위에서 보니까, 한 젊은 친구가 양화대교에 뛰어내리려하기에 부랴부랴 달려왔어. 다행히 뛰어내리진 않고 격한 감정에 울고 있더군. 물어보니 전에 네가 차였다고 말한 지훈이야. 네가 좀 공감 능력을 발휘해 줘."

나는 고개를 끄덕이며, 지훈에게 다가가 꼭 안아주었다.

"많이 힘들었지? 우리가 여기에서 이렇게 만나다니…."

"아냐. 너에 비하면 아무것도 아냐. 저들에게서 너에 관한 얘기를 들었어. 나 때문에 한강에 뛰어내렸다고? 난 그럴 용기도 없었어….”

포옹을 마치고, 내가 지훈이의 얼굴을 다시 보려는데 어느새 파스칼과 셀린, 니콜라는 모두 사라지고 없었다. 아무래도 어디선가 숨어서 우리 둘을 지켜보는 게 분명했다.

“그런데 아까, 저들의 정체는 뭐니?”

“뱀파이어야.”

“그럼 너도 뱀파이어?”

“아직 아니지만, 현재 변태가 진행 중이야.”

“그게 무슨 말이야?”

“그런 게 있어. 나중에 알게 될 거야.”

“나도 뱀파이어가 될 수 있을까?”

“왜?”

“사람들이 너무 싫고, 너무 무서워서.”

“그렇다고 자살하려 했어?”

“하지만, 다리 아래의 출렁이는 강물을 바라보다가 공포감 탓에 발이 안 떨어지는 거야.”

나는 다시 한번 지훈이를 꼭 안아주었다.

“더 이상 그런 생각하지 마!”

지훈을 다독거리면서, 하마터면 “내가 너를 지켜줄게”라고 말할 뻔했다.

지훈이의 목덜미에 난 솜털이 내 코에 닿을 때, 난 순간적으로 그의 목을 깨물고 싶은 강한 충동을 느꼈다. 턱관절을 활짝 열어젖힌 뒤 송곳니를 그의 목에 꽂으려는 순간, 어디선가 파스칼의 목소리가 나지막이 들렸다.

"민주, 공감력 증강 매뉴얼에 따라 지훈을 리셋해주길 바라. 하지만 취향이나 취미까지 바꾸지는 말고…."

"취향이라면?"

"그거, 네가 잘 알잖아."

파스칼의 목소리가 경쾌하게 내 귓전을 스쳤다. .

나는 지훈을 바라보며 미소 지었다. 지훈이 소수자로서 얼마나 힘들었을까 하는 생각이 들었다.

"바보처럼 굴지마. 힘들면 힘들다고 고함치고 실컷 울어."

파스칼은 급한 일이 있다면서 셀린의 손을 잡고서 강물 위를 날아 합정동 쪽으로 향했고 니콜라는 딱정벌레차에 나와 지훈을 태워 양화대교 남쪽 방향으로 향했다. 나는 파스칼이 강물 위를 걷는 모습을 처음 보았는데, 놀랍고도 신기했다. 마치 중국 무술영화의 주인공을 연상시켰다.

"왜 니콜라 아저씨는 파스칼처럼 날아다니지 않아요?"

"공중부양 능력은 파스칼만 갖고 있어."

"똑같은 뱀파이어들인데도요?"

"파스칼은 여기에 사는 뱀파이어계의 지존이라고 할 수 있어. 신이 택한 유일한 뱀파이어가 파스칼이거든. 나머지는 동료 뱀파이어들의 흡혈에 따라 뱀파이어 DNA 이식을 받은 거지. 나와 셀린은 신의 계시를 받아 토마스 신부와 주느비에브 수녀의 뒤를 이어 이곳 조선 땅에 선교활동을 왔다가 불행하게도 조선 왕의 탄압을 받아 죽음의 위기에 처했지. 하지만 우리에게 해야 할 일이 있다면서 우리 둘에게 뱀파이어 DNA를 나눠주었어."

니콜라는 파스칼의 송곳니가 관통한 부분이라며 목젖 오른쪽의 희미한 흉터 부분을 보여주었다.

"흉터 자국 없이 살짝 물어도 될 텐데 파스칼이 서두르는 바람에 너무 세게 깨문 거야."

문득 뒷자리의 지훈에게 나의 날카로운 송곳니를 보여주고 싶어 고개를 뒤로 돌렸다. 지훈이는 내 송곳니에는 눈길을 주지 않은 채 존경하는 눈빛으로 니콜라를 바라보고 있었다. 송곳니를 만지작거리면서 마음속으로 다짐했다.

'지훈아, 이따가 너를 평등하고도 차별 없는 세계로 초대할게.'

니콜라의 딱정벌레차는 푸른 아파트에 도착했으나, 나는 내리지 않고 니콜라에게 지훈이 이사한 동네에까지 데려다 달라고 부탁했다. 나와 지훈이는 실개천이 흐르는 외진 곳에 내렸다. 사방이 푸른 나무로 둘러싸였다. 예전에는 지훈이의 곁에만 있어도 설렜는데 이젠 아무렇지도 않았다. 지훈과 헤어지면서 뱀파이어식으로 포옹 인사를 하자고 했고 지훈이는 기꺼이 응했다. 지훈이는 내게서 레몬 향이 난다고 말했으나, 지훈에게서는 살짝 비린내가 났다. 아마도 며칠 동안 샤워를 하지 않은 것 같았다. 그래도 느낌은 나쁘지 않았다. 나는 지훈이의 귀에 대고 속삭였다.

"너, 영원불멸의 세계로 나랑 가지 않을래?"

"거긴 어딘데?"

"고통도 없고, 아픔도 없고, 차별도 없고, 1등이나 꼴등도 없는 곳이지."

"그런 곳이 있어? 제발 나 좀 데려가 줘."

"아파도 꼭 참아!"

지훈이의 목젖 오른쪽에 나의 송곳니를 댔다. 지훈이는 몸을 약간 부르르 떨면서 눈을 감았다. 나는 강하고 찰나적으

푸른 사과의 비밀

로 지훈이의 목을 깨물었다. 그리고 지훈이의 피를 마셨다.

"아악, 으아악!"

지훈이는 고함을 질렀으나, 나는 웃으면서 손수건으로 내 입에 묻은 피를 닦아냈다. 솔직히 고백하면, 내가 그의 목을 꽉 깨문 데는 나를 떠난 그에 대한 어떤 보복 심리 같은 것이 살짝 작용했다.

"지훈아, 고생했어."

"이제 나도 너처럼 뱀파이어가 되는 거니?"

"어쩌면."

"어쩌면 이라니?"

"사실은 내가 진짜 뱀파이어인지 아직 잘 모르겠어. 파스칼에게 구출되면서 내 목에 상처가 났었는데, 그게 파스칼이 깨문 자국인지 헷갈려. 그런데 나중에 송곳니가 돋아나서 동네 치과에서 송곳니를 빼고 의치를 넣었어."

"그러면 송곳니가 아니라 의치로 날 깨문 거네!"

"그건 상관없어, 아랫니도 네 목에 박혔으니."

나는 근처 약국에 지훈을 데려가 상처 부위에 소독약과 연고를 바르고 밴드를 붙여주었다. 그러고 나니 왠지 지훈에게 강한 동질감이 느껴졌다.

"지훈아, 혹시 며칠 뒤에 잇몸이 간지럽고 송곳니가 더 돋

아니면 내게 말해줘. 뱀파이어들이 펜치로 네 송곳니를 다 잡아 빼기 전에 우리 동네의 내가 아는 치과로 데려갈게."

지훈이는 좀 얼떨떨한 표정을 지었다.

"왜 송곳니를 빼니?"

"네가 다른 사람들을 물면, 그 사람들이 모두 뱀파이어가 되잖아. 또 그 뱀파이어들이 사람들을 물면 온 천지가 뱀파이어로 넘칠 거야."

"아, 나도 누군가를 깨물고 싶은데."

"깨물고 싶은 녀석이 있니? 네 남친?"

"걔는 당연히 아니고…. 우리 둘 사이를 과대포장하고 이상야릇하게 바라본 사람들을 모두 깨물고 싶어. 우리는 그냥 서로 말이 잘 통하고, 취향이 같았을 뿐이야. 그런데 그 사람들은 우리에게 성적 모욕감과 경멸감을 보내며 손가락질을 했던 거지."

나는 지훈이의 손을 꼭 잡고 말했다.

"네 마음을 충분히 이해해. 그래서 너의 송곳니가 커지면, 뱀파이어들이 펜치를 들고 달려들 거야. 더 이상 뱀파이어들의 수가 증가하면 우리가 사는 지구촌 사회의 지속가능성이 흔들리거든. 너도 차차 알게 될 거야."

"민주야. 그 사이에 네가 굉장히 똑똑해진 것 같아. 네가 전교 1등이라는 소문이 나돌길래 설마 했는데."

나는 지훈과 다시 한번 포옹을 하고, 작별 인사를 했다.

한강으로 이어지는 실개천을 따라 걷는데 바람결에 레몬 향이 코를 자극했다. 몇 걸음을 걸으니 니콜라가 미소를 지어 보였다. 나는 니콜라의 딱정벌레차에 올랐다.

"결국, 네 소원대로 지훈이의 목을 깨문 거야? 축하해!"

"몰래 다 훔쳐봤어요?"

"일부러 그런 건 아니고…. 지훈이가 진짜 뱀파이어로 변태하면 어떡하지?"

"……?"

"다른 뱀파이어들이 망원동 선언의 실천 강령을 들먹이며 너의 송곳니뿐 아니라 모든 치아들을 뽑으려 할 텐데…."

잠시 이번 기회에 아이돌 스타인 블루 킴처럼 모든 치아를 빼고, 임플란트 시술을 해볼까 하다가 비용도 많이 나오고, 연예인할 것도 아닌데 하는 생각이 들었다. 내가 고민하는 표정을 짓자, 니콜라가 미소를 지으며 단순한 해결책을 냈다.

"일단 비밀로 해 두자. 네가 지훈이의 목을 깨문 사실은 너와 나만 아는 거야. 우선, 지훈이의 상태를 지켜보는 걸로."

"뭐, 특별한 해법은 아니군요."

"그리고 지훈에게도 일러둬. 절대 비밀로 해 달라고…. 그리고 앞으론 절대로 누구에게도 송곳니를 꺼내지 마."

니콜라의 얼굴에서 진심으로 나를 걱정해 주는 마음을 읽었다.

그의 딱정벌레차가 10분도 채 안 되어 내가 사는 아파트 단지에 도착했지만, 나는 바로 내리지 않았다.

"지훈이의 고통을 조금이나마 덜어주고 싶었어요. 뱀파이어계에서는 성구별이 없으니 성차별도 없잖아요. 나이, 인종, 피부색, 학벌, 심지어 생명체 간의 차별을 두지 않는 곳이 뱀파이어계라고 말씀하셨잖아요? 기억나세요?"

니콜라는 나의 속사포에 고개를 끄덕이며 나를 안아주었다.

여름방학 동안 친구들은 학교에 가서 보충수업이나 자율학습을 했지만, 나는 학교 근처에 얼씬도 하지 않았다. 엄마에게는 "학교 다녀오겠습니다"라고 씩씩하게 말하고 집 밖을 나와서는 파스칼의 합정동 아지트에서 살다시피 했다. 내가 참여한 공감력 증강팀에서는 매뉴얼을 좀 더 정교하게 다듬어 인간계에서 상처받은 청년들을 상대로 탁월한 공감력을 발휘해, 이들을 절친한 친구로 만들었고 이들은 인간계와 뱀파이어계를 잇는 징검다리 역할을 충실히 수행했다.

니콜라와 나는 이들의 경험과 특기, 개성에 따라 다양한 팀을 만들었다. 뱀파이어계의 이상과 꿈을 설정하는 어젠더팀, 이를 구체적인 아이디어로 다듬고 실천하는 정책팀, 또 정책을 입체적으로 표현하는 디자인팀, 뱀파이어계와 인간계에 우리의 과업을 은밀하고 설득력 있게 전달하는 홍보팀, 심각한 외상과 정신적 공황에 대응하는 의료팀, 팀 내 디지털 통신망과 소셜 네트워크를 담당하는 정보통신팀, 그리고 벼랑의 위기에 선 젊은이들을 구하는 긴급 구조팀…. 팀이 모두 7개에 달했다. 각 팀은 5~20씩 구성되어 있으며, 각 팀에는 뱀파이어계와 인간계의 연결을 위해 각각의 뱀파이어가 1명 이상씩 배속되어 팀의 현안을 지도부에 보고하게 했다. 특히 긴급구조팀에는 세포조직 4인 1조로 8조 32명이 배속되어 자살 직전의 사람들을 발견하는 즉시 구출에 나서, 이를 정보통신팀에 알리고 구조 의료팀이 즉각 투입되는 거미줄 구조 시스템이 구축되었다.

파스칼은 인간 청년들과 뱀파이어 간의 조화와 협력을 도모하려는 계획을 X 프로젝트라고 명명했다. X 프로젝트에 참여하는 인간 청년들이 많아지자, 뱀파이어 지도부는 파스칼이 상주하는 합정동 아지트 외에도 별도의 회의공간을 팀별로 마련했다. 젊은이들의 핫 플레이스로 떠오른 망원동, 연남동, 상수동, 서교동, 동교동과 경의선 숲길의 북카페들이 회의 장소로 이용되었다. 스타벅스나 폴 바셋 같은 대형 체인점 카페들이 회의 장소로 거론되었으나 인간계에서 북마스터로 일했던 말총머리 카토간은 "인간들이 스마트폰에 영혼이 팔려 책을 너무 읽지 않아 걱정"이라고 안타까워하자, 모두가 책을 읽으며 차를 마실 수 있는 동네 북카페를 선호했다. 그리 길지 않은 세월 동안 X 프로제트팀은 많은 일을 해냈다.

무엇보다도 청년들의 자살율이 현격하게 줄어들었다. 하루 평균 20명에 달하던 10~20대의 자살율이 5명 이하로 떨어졌고 어떤 날에는 0으로 집계되기도 했다. 청년들의 자살율이 0으로 나타나자 언론과 전문가들은 정부의 청년 정책이 성공적이라고 격찬했지만, 아무도 뱀파이어와 X 프로젝트팀의 숨은 공로를 눈치채진 못했다.

눈에 두드러지게 띄게 된 것은 뱀파이어의 푸른 사과 씨앗이 공식적으로 세상에 모습을 드러냈다는 점이다. 인류의 역사를 바꾼 아담의 사과와 스티브 잡스의 사과에 이은 세 번째의 사과이지만, 뱀파이어의 푸른 사과 씨앗은 혼자 베어 먹는 탐욕의 과실이 아니라 수많은 이들에게 나눠 주는 공감의 씨앗이라는 점에서 확연히 차이가 났다. 뱀파이어들이 항상 목에 걸고 다니는 작은 하트 모양의 레몬 향 용기는 푸른 사과 씨앗 형태-좀 더 설명을 하자면, 사과의 절반을 입체적으로 절개해 씨앗이 도드라져 보였다-로 바뀌었고, 이 푸른 사과 씨앗 무늬는 볼펜, 메모지, 의상, 머리띠, 넥타이핀, 허리띠, 심지어 니콜라의 딱정벌레차에도 적용되어 젊은 인간들 사이에 호기심이 가득한 인기를 끌기 시작했다. 미용실, 카페, 부동산, 빨래방에서도 푸른 사과 스티커와 로고를 간판에 앞 다퉈 부착했다. 카토간이 운영하는 푸른 문구점은 푸른 사과 스티커와 로고를 사려는 사람들로 늘 붐볐다.

누군가를 떠나보낸다는 것

2학기가 시작되어 학교에 가는데, 동네 초등학생들이 무거운 가방을 짊어지고 뒤뚱거리며 서둘러 학교에 가는 모습이 보였다. 저리 큰 가방에 뭐가 들었을까? 이 생각 저 생각 하면서 교문에 도착했지만 아무도 보이지 않았다. 개학 첫날부터 지각이라니…. 담임선생님의 아침 조회시간 전에 도착하려 뛰어가는데 학생부장 선생님이 나를 불러 세웠다.

"네가 민주라는 애구나. 그런데 아무리 공부를 잘한다고 해도…. 이건 너무한 거 같다. 치마가 너무 짧고, 머리 길이도 규정에 어긋나잖아. 셔츠는 왜 안 입었어?"

학생부장 선생님은 심심한데 잘 걸렸다는 듯이 내 귀를 잡아당기며 비아냥거렸다.

"오후에 수업 끝나고 학생부로 와!"

담임선생님의 조회가 시작되기 전에 자리에 앉아서 주위를 돌아봤다. 옆자리, 앞자리, 뒷자리의 모든 친구가 단정한

푸른 사과의 비밀

모습으로 숨소리조차 내지 않은 채 머리를 책에 박고 공부하고 있었다. 아무도 내 옷차림에 대해서 신경 쓰지 않았다. 나는 옆자리 친구 철희에게 "안녕!"이라고 말했지만, 평소 장난기가 많은 철희 역시 나를 쳐다보지 않은 채 고개만 끄덕일 뿐이었다. 아, 대학 입시가 몇 달 안 남아서 모두가 정신 없이 공부하는구나. 숨이 막혔다. 오랜만에 만난 친구들끼리 할 얘기도 많을 텐데, 왜 이렇게 분위기가 썰렁한 거지.

누군가 침묵을 깼다.

"죽으려면 한강에서나 뛰어내리지, 왜 학교에서 죽어."

"집에서 조용히 죽을 것이지, 학교와 원수졌나?"

나는 옆자리의 반장에게 "무슨 일인데 그래?"라고 물었다.

반장은 학교를 자퇴한 주현이 학교 본관의 5층 옥상에서 뛰어내려 목숨을 끊었다고 말했다. 동성애를 이유로 지훈과 함께 무기정학을 받은 것이 원인이었던 걸까. 반장은 "이제 곧 대학시험인데, 애가 죽으면서까지 우리에게 피해를 준다"라고 투덜댔다.

순간 눈앞이 컴컴해지고, 현기증이 일어 잠시 눈을 감았다. 내게서 나의 전 남친을 뺏어간 아이로 알았다가 뒤늦게 수빈이로부터 사건의 진실을 듣고 나선, 주현이를 꼭 만나

151

서 그의 아픔을 위로해주고 싶었었다. 나는 수빈의 뺨에 살짝 흐르는 눈물을 보았다. 하지만 수빈이는 손수건으로 눈물을 훔친 뒤 흔들림 없이 책을 펼쳤다. 인공 자궁 시설에서 태어나 정체성의 혼란을 겪고 어디에도 적응을 못 하다가 결국 자살로 삶을 마감한 주현이에게 동병상련의 아픔을 속으로 꾹 삼키는 수빈의 모습이 애처롭게 느껴졌다.

교무실에서 비상대책회의가 열린 탓인지, 담임선생님이 평소보다 10분 늦게 조회를 시작했다.

"이미 들어서 알고 있겠지만, 오늘 아침에 불미스러운 일이 좀 있었어. 너희들은 그런데 신경 쓰지 말고, 평소대로 공부나 열심히 하길 바란다. 너희들이 이런 일로 잠시 눈을 파는 사이에 경쟁자들은 너희들을 앞질러갈 거라는 점을 명심하고. 오케이?"

아이들은 동의를 강요하는 듯한 담임의 말에 "예!"라고 소리 높여 답했다. 하지만 나는 종일 끓어오르는 서글픔과 분노를 참을 수 없었다. 점심시간에 급식을 먹는 둥 마는 둥 하다가 교문 밖에 나가 꽃집에서 사 온 국화꽃 19송이를 주현이의 피가 밴 바닥에 놓고서, 그의 명복을 빌었다.

"저세상에서는 절대 아프지 말고 건강하길 바라. 먼 훗날에 서로 만나면, 내가 너에 대해 나쁘게 오해했던 점을 사과

　　　　　　　　　　푸른 사과의 비밀

할게.”

눈시울이 뜨거워 소매로 눈물을 닦아내고 소나기가 내릴 것 같은 하늘을 바라보는데, 3학년 건물의 옥상에서 누군가 나를 바라보고 있었다. 수빈이었다. 나는 수빈에게 손을 흔들었고, 수빈도 내게 두 손을 모아 하트를 그려 보였다. 주현이에게 보내는 수빈의 작별 인사였다. 아무도 창밖을 내다보지 않았다. 한여름의 무더위 탓일까. 그렇지 않을 것이다. 대학 입시를 앞둔 탓에 모두가 마음의 여유를 갖지 못한 걸까?

1교시부터 수업이 끝나는 7교시까지 모든 선생님이 나의 불량한 옷차림을 지적했으나 주현이의 죽음에 대해선 한마디도 하지 않았다. 그때마다 나는 바보처럼 피식 웃었다.

수업 과목이 끝날 때마다 쉬는 시간 10분이 주어졌지만, 친구들은 아무 말 없이 자리에 엉덩이를 붙이고 공부만 할 뿐이었다. 마치 나뭇잎을 갉아 먹는 송충이처럼, 책의 글자들을 집어삼킬 표정들이다. 낯설면서도 낯익은 이질감이 스멀스멀 온몸을 휘감아 머리가 지끈거렸다. 수업이 끝나고 학생부에 오라는 학생부장 선생님의 말씀이 떠올랐으나, 무시하고 그냥 집으로 향했다. 그리고 다짐했다.

“당장에 그만둘 거야. 이건 학교가 아니라 등급별로 달걀을 가리는 양계장이나 다름없어. 아니, 학원이라도 이러지는 않을 거야. 한 달 만에 친구를 만나면 궁금한 게 많을 텐데 모두가 송충이처럼 책만 갉아 먹고 있어. 지난번에 친구 주현이 옥상에서 뛰어 내렸을 때도 아이들은 슬퍼할 줄 몰랐어. 이건 아이들의 문제가 아니라, 아이들을 우리 안에 가둬 두는 학교의 잘못이야."

집에 도착하니 아담이 꼬리를 흔들며 반겼지만 나는 모른 체하고 내 방에 가서 침대에 엎드려 흐느꼈다. 베개를 눈물로 조금 적시고 나니, 기분이 풀렸다.

엄마가 직장에서 돌아오기 전, 나는 숨은 실력을 발휘해 저녁을 차렸다. 냉장고를 뒤져서 엄마가 좋아하는 두부 김치찌개와 내가 좋아하는 떡볶이를 만들어놓고 엄마를 기다렸다. 기분파인 엄마를 설득하려면, 엄마의 기분을 맞춰 줘야겠다는 생각이 들었다. 엄마는 내가 학교를 그만둔다면 어떤 반응을 보일까? 아무래도 내 머리털이 수난당할 것 같아 긴 머리를 뒤로 한데 묶었다.

7시가 조금 넘어 엄마가 약간 술에 취한 채 들어왔다.

"민주야, 오늘은 엄마가 기분이 좋아 술 한잔했다. 뭐, 불만 없지?"

"엄마에게 기분 좋은 일이면, 나에게도 좋은 일이지. 뭔 일이야?"

엄마는 내 눈치를 천천히 살폈다.

"으응. 엄마가 오늘 데이트 신청을 받았거든. 아빠보다 멋진 남자는 아니지만."

너무 놀라서 하마터면 소리를 지를 뻔했다. 아무런 말을 할 수 없었다.

"……?"

"아마 놀랬을 거야. 엄마가 급식 일을 하는 학교 식당의 조리사 아저씨 김 씨가 엄마에게 이번 주말에 영화를 같이 보러 가자는구나."

"누구인지는 모르지만, 그 아저씨 되게 용기 있는 분이네. 엄마 같은 멋진 여자에게 감히 영화를 보러 가자고 하고…."

나는 진심으로 엄마의 연애가 실현되길 바라는 마음에서 박수를 보냈지만, 엄마는 다소 실망스러운 표정을 지었다.

"근데, 엄마의 꿈이 빵집 주인이잖아. 그래서 요즘 제빵 학원에 열심히 다니는 거고…. 김 씨 아저씨는 한식 전문 조리사여서 빵에 그다지 관심이 없구나. 고소한 빵을 구워줘도 맛을 제대로 보지도 않고 말이야."

"그럼 큰일인데…. 엄마의 빵 굽는 실력이 보통이 아니잖아. 특히 크루아상과 바게트는 파리크라상의 빵보다 더 맛있던데. 비결이 뭐야?"

"비밀도 아냐. 숙성과 발효가 가장 중요해. 뭐, 모든 일이 그렇지 않아? 네가 지금 1등 한 것도 오랫동안 네 뇌를 발효시킨 결과잖아."

"내 뇌에 곰팡이를 키워야겠군. 근데 엄마도 조금 양보하고 김 씨 아저씨도 조금 양보해서 비건 전문식당을 내면 어때? 엄마가 만든 빵은 애피타이저나 디저트로 제공되고…."

"그거 좋은 생각이야. 근데 너 진짜 괜찮니? 새 아빠가 생기면 좋은 것도 있지만, 불편한 것도 많을 텐데."

"김 씨 아저씨는 어떻게 해서 싱글이 된 거야?"

"뭐 성격이 안 맞아 전처와 헤어졌다는데, 두 커플 중에 한 커플이 이혼한다는구나."

"아빠 살아계셨을 때 엄마 성격이 드센 편이었는데, 김 씨 아저씨가 잘 맞춰줄까 걱정이네."

"그럴까? 뭐, 친구처럼 지내면 돼."

엄마는 내가 1등 했을 때보다 더 흥분한 모습을 보였다. 엄마의 기분이 행여 상하지 않을까 걱정하면서, 나는 종일 고민 끝에 내린 결심을 꺼냈다.

"엄마! 나도 엄마에게 말할 게 있는데…."

"그렇게 뚫어지게 엄마를 보니, 네가 뭔 말을 할지 무섭다."

"학교를 그만둘까 해."

"뭐라고?"

"학교생활에 흥미를 못 느끼겠어. 답답해서 미칠 것 같아. 괜히 시간 낭비하는 것 같고."

"몇 개월만 참으면 졸업장을 받잖아."

"난 졸업장이 필요 없어. 그런 거 없어도 세상을 의미 있게 살 수 있어. 나중에 필요하면 다시 공부하면 돼."

"그런 말 꺼내기가 어렵고 미안해서 이렇게 저녁상을 차렸구나. 하지만 미안한 마음은 갖지 않아도 돼."

"그럼, 엄마는 내 결정에 동의하는 거야?"

"이미 네가 그렇게 결정했는데 어쩌겠냐. 네 인생인데…."

엄마를 덥석 꼭 안으며, 엄마 귀에 가까이 대고 "고마워, 그리고 축하해"라고 말했다.

엄마는 나를 힘껏 마주 안아주며, "대견한 내 딸"이라고 말했다.

그날 밤 인터넷을 뒤지며 나의 SNS 계정에 어떻게 자퇴의 변을 쓸까 고민했다. 영원히 기억에 남을 교육 거부 선언문을 멋지게 한 번 작성하고 싶어서였다.

오래전에 김예슬이라는 언니가 "오늘 나는 대학을 그만둔다. 아니 거부한다"라고 쓴 선언문을 읽었다. 10여 년 전의 글인데도 전율이 느껴졌다.

"양극화의 틈새에서 불안한 줄타기를 하는 20대. 무언가 잘못된 것 같지만 어쩔 수 없다는 불안에 앞만 보고 달려야 하는 20대. 이름만 남은 '자격증 장사 브로커'가 된 대학은 기업에 가장 효율적으로 '부품'을 공급하는 하청업체가 되어 내 이마에 바코드를 새긴다. 큰 배움도 큰 물음도 없는 '대학 없는 대학'에서, 나는 누구인지, 왜 사는지, 무엇이 진리인지 물을 수 없었다."

김예슬 언니의 글은 나의 고민을 그대로 담고 있었다. 기껏 바코드에 잘 찍히는 대학에 가기 위해 나와 내 친구들이 서로를 적으로 여기며 밤늦도록 짓밟고 짓밟히며 경쟁하는 사회 현실이 슬프게 느껴졌다.

나는 곧장 트위터 계정과 블로그, 그리고 페이스북, 인스타 계정에 '강민주의 고교 거부선언'을 작성했다.

푸른 사과의 비밀

"오늘 나는 인간이 되고자 고3을 그만둔다. 육우 등급 매기듯, 한 줄로 줄 세워 등급을 매기는 평가의 폭력 앞에 우리는 친구의 죽음과 아픔을 오히려 기뻐해야 하는 집단적 소시오패스 증후군을 앓고 있다. 나는 개인의 개성과 자유를 구속하며, 오로지 등급으로 우리의 가치를 매기는 일체의 비인간적인 교육을 거부한다. 우리는 속성으로 생산되어 양질의 등급으로 팔려나가는 양계장 안의 달걀도 아니며, 농장 안의 돼지 새끼나 소 새끼도 아니다. 고3이라는 이유로, 희로애락의 모든 욕망을 억압하는 교육의 폭압 속에서 나는 최소한의 숨을 쉬기 위해 학교를 그만둔다. 나의 결정은 온전히 나의 오랜 성찰에 따른 고뇌에 찬 결단이며, 어떠한 외부 세력의 개입도 없음을 밝혀 둔다."

다시 글을 읽어보니 표현은 조금 과격했지만, 결코 틀린 말은 아니라는 생각이 들었다. 1시간도 채 안 되어 나의 이야기가 격렬한 반응을 일으켰다. 온라인 매체들이 앞다퉈 '전교 1등, 고교 거부선언'이라는 제목을 달아 메인기사로 올리면서, 댓글들이 쏟아졌다.

– 나도 그만두고 싶지만, 용기가 없다.

– 글을 읽다 끝내 눈시울이 붉어졌다.

– 전교 1등이니까 주목받지.

– 검정고시로 대학 가려고?

공감과 냉소가 쏟아졌다.

'언론이 어떻게 내가 전교 1등이라는 사실을 알았을까?'

하지만 나는 개의치 않았다.

고교교육신문 기자라는 사람이 어떻게 내 전화번호를 알고 인터뷰를 요청하는 문자를 보내왔다.

민주 학생의 글에 전적으로 공감해요. 고3의 암담한 현실이 물씬해요. 친구들이 1등을 한 민주 학생의 자퇴 소식에 충격을 받은 것 같아요. 후속 기사를 쓸까 해요. 우리 만나서 좀 얘기해요.

내 뜻이 왜곡될까 싶어 정중히 거절했다.

밤늦게 지훈이 카톡을 보내왔다.

네 글을 잘 읽었어. 내가 학교를 그만둔 이유는 너와는 좀 다르지만, 나는 너를 전적으로 지지해. 항상 응원할게.

나는 지훈에게 답장을 보낼까 하다가 그냥 이모티콘 ^^ 만 날렸다. 과거 같으면 밤새 수다를 떨 수 있었을 텐데, 왠지 이젠 그럴 마음이 생기지 않았다. 휴대폰에서는 카톡 문자 소리가 들렸지만 나는 확인하지 않았다.

넷플릭스의 시리즈 드라마인 '지금, 우리 학교는'을 집중해서 보다 너무 잔인해 심호흡한 뒤에 카톡 문자를 살폈다. 수빈의 문자였다.

이게 웬일이니? 설마 내게 1등을 양보하려던 건 아니지? 너의 용기가 부럽다. 나도 수없이 망설이는데…. 나중에 네 계획을 얘기해 줘!

나는 마음속으로 2학기에 회복할 수빈이의 전교 1등을 미리 축하했다.

학교를 그만두고서 시간적 여유가 생겼다. 자주 합정동 아지트를 들락거리면서 파스칼의 지시에 따라 니콜라, 셀린, 프리제와 함께 인공 자궁에서 태어난 인간들과 동물들의 후유증을 치료하기 위한 프로그램을 수행할 준비를 했다. 주현이가 극심한 심리적 불안으로 자살을 했다는 뉴스를 접한 파스칼은 무엇보다도 인공 자궁을 빌려 탄생한 인간들과 동물들의 안전을 걱정했다.

"민주, 친구의 죽음을 정말로 가슴 아프게 생각해. 제2, 제3의 주현이가 생겨선 안 된다고 생각해. 합정동과 망원동 일대, 또는 양화대교에서 누가 뛰어내린다면 얼른 달려가서 구해낼 수 있지만, 예측을 불허하는 장소에서 돌발적으로 그런 일이 일어난다면 어떻게 할 도리가 없어. 뱀파이어와 인간 간의 평화적 공존, 나아가 모든 생명체의 공존을 도모하기 위해서라도 인공 자궁에서 태어난 생명들의 트라우마와 후유증을 치유해야 할 것 같아."

나는 고개를 끄덕이며 그의 말에 격렬하게 공감한다는 표정을 지었다.

"그거 좋은 생각이에요. 그렇잖아도 그걸 공식적으로 제안하려 했어요. 인공 자궁에서 주현이와 함께 태어난 수빈이를 볼 때마다 마음이 아팠어요. 먼저, 주현이와 비슷한 증상을 앓는 친구들이 몇 명이나 되는지 알아야 되겠어요."

파스칼은 상의 왼쪽 주머니에서 서류 한 장을 꺼냈다.

"이건 채 병원 인공 자궁 시설에서 태어난 아이들의 명단이야. 후유증을 앓는 아이들은 이름 옆에 * 표시가 되어 있어. 모두 10명 가운데 5명이 증세를 보이고, 2명은 극심한 트라우마, 나머지는 경미한 신경쇠약을 앓고 있어. 우리가 인공 자궁 시설을 소각하지 않았다면, 앞으로 얼마나 많은 아이가 고통을 당했을지 생각만 해도 끔찍해."

이어 니콜라가 내게 윙크를 하면서 물었다.

"혹시 수빈에게서 발작 증세나 충동 증세 같은 걸 못 느꼈어? 예를 들면…."

"글쎄요. 그런 건 잘 모르겠고…. 비록 포르피린증을 앓고 있지만, 그 증상이 가벼워서 트라우마 증세를 특별히 보이지 않았던 것 같아요."

잠자코 있던 셀린은 눈을 감은 채 뭔가 골몰해 있는 프리제를 바라보며 말했다.

"프리제에게 묻고 싶은 게 있어요. 인공 자궁에서 태어난 아이 중에 충동 증세를 겪은 아이들이 얼마 전 피 맛을 보고 싶은 충동적 호기심으로 인해 사람들을 공격해 목에 큰 상처를 냈잖아요. 다행스럽게도 죽이진 않은 채 말이에요. 그런데 10대 후반 아이들이면 뇌피질의 두께가 이미 완성단계에 접어들었을 텐데 그들을 치유하기엔 늦지 않았을까요?"

셀린의 고차원적인 질문에 프리제가 어떻게 답변할지 궁

금하여 나는 그의 입을 쳐다봤다.

그는 엄지와 검지로 곱슬머리를 펴면서 이 질문을 기다렸다는 듯 준비한 답변을 내놨다.

"좀 유식하게 말하자면, 인공 자궁에서 태어난 아이 중 일부는 자아를 찾지 못해 현실 상황을 고려하거나 판단하는 능력을 상실한 것 같습니다. 프로이트는 정신을 원초아(id), 자아(ego), 초자아(superego)로 구분하고, 원초아가 생겨난 이후에 자아가 나타나고 마지막으로 초자아가 생겨난다고 했습니다. 먼저, 원초아는 본능적이고 쾌락을 추구하는 상태에서 자신의 욕망에 따라 행동하려고 하는 원초적인 인간의 모습입니다. 유전적인 영향을 고스란히 받은 원초아는 완전히 무의식적인 영역에 속하며 동물적이고 자제력과 분별력이 거의 없다고 볼 수 있습니다. 본능에 충실한 까닭에 파괴적이거나 비합리적, 무분별한 모습이 강한 편입니다. 이렇게 충동적인 원초아를 지닌 인간은 사회에서 살아남기 힘들고 외부 상황과 계속 마찰을 빚기 마련입니다. 대개는 이러한 현실 세계와의 대립을 해소하고 다른 사람과 사회 속에서 갈등을 줄이고 생활하기 위해 2~3세에 자아가 형성되지만, 인공 자궁에서 태어난 아이들의 경우 그 이후에도 자아 형성이 되지 않아 정신적 트라우마나 정체성 혼란을 겪게 될 개연성

푸른 사과의 비밀

이 큽니다."

프리제의 강연성 답변이 길어지자, 셀린은 원하는 답변을 즉각 듣지 못한 것을 답답해했다.

"박사님의 지루한 강연은 사양할래요. 어떻게 하면 원초아 상태의 10대 아이들을 자아나 초자아로 진입시켜줄 수 있을지 그 방법을 알고 싶어요."

프리제는 셀린의 공격적 어투에 자존심이 상한 듯 퉁명스럽게 대답했다.

"그건 프로이트도 해결 못 한 문제입니다. 지속적인 상담과 약물치료를 병행할 수밖에요."

잠시 눈을 감고 있던 파스칼은 고개를 끄덕이며 그의 말에 공감했다.

"우리 뱀파이어 증후군과 유사한 포르피린증은 지금처럼 약물치료를 꾸준히 하고, 트라우마나 신경쇠약증의 경우 적극적인 상담을 병행해 줘야 할 듯합니다. 내일 당장에 행동심리치료센터를 설립해야겠습니다. 박사님이 책임역을 맡아주십시오. 관건은 명단에 적힌 친구들을 모두 찾아내는 일입니다."

파스칼이 자신을 부르자, 프리제 박사의 입가에 미소가 지어졌다.

나는 파스칼의 말이 끝나기가 무섭게 말을 이었다.

"제 친구 수빈에게 도움을 청할게요. 고3이라 공부하느라 바쁘겠지만, 행동심리치료센터의 설립 취지를 설명하면 적극적으로 도와줄 거예요. 그 누구보다도 주현이의 죽음을 슬퍼했거든요."

그다음 날, 나의 초청에 응한 수빈이는 행동심리치료센터의 첫 번째 회의에 참석해 파스칼이 건네준 인공 자궁 출생자 명단을 받아 한 명씩 전화를 돌렸다. 다행스럽게도 모든 아이가 부모의 동의를 받아 센터의 상담 치료에 적극적인 협조를 약속했다. 아무래도 그들과 같은 처지에 있는 수빈이 동병상련의 정서를 자극한 것이 효과가 있었던 것 같았다.

푸른 사과의 비밀 수빈의 상담치료를 지켜본 나는 인공 자궁에서 태어난 10대들에게 가장 절실한 것은 사랑의 느낌이라는 것을 깨달았다. 뱃속의 아이에게도 뽀뽀해 주고, 어루만져 주며 누군가로부터 사랑을 받는다는 것을 느끼게 해 주는 게 중요한데, 엄마의 뱃속이 아닌 인공 자궁에서 태어난 아이들은 부모로부터 태교를 받기는커녕 부모의 목소리조차 들어본 적이 없었고, 태어나자마자 경쟁 대열에 뛰어들어야 했던 탓에 자아가 형성될 여유가 없었다. 수빈은 최면 심리 치료술을 통해 아이들이 내면에 자리한 불안정성을 털어버리고 새로운 자아를 형성하도록 유도했다. 놀랍게도 아이들은 누군가로부터 사랑만 받고 싶어 하는 초보적인 결핍 단계를 지나, 누군가를 사랑하고, 심지어 나를 사랑하고 싶어 하는 단계를 거쳐, 궁극적으로 자기 주변의 모든 것을 사랑하는 단계로 발전해갔다.

아이들은 행동심리치료센터의 프로그램에 따라 본능적인 원초아의 상태에서 조금씩 이성적인 자아와 초자아 상태로 나아갔다. 그렇게 나의 19살은 뱀파이어들과 더불어 부산하게 지나갔다.

카페 푸른 사과 1호점

백수가 바빠 죽는다더니, 뱀파이어들과 어울리느라 눈코 뜰 새 없이 바빠졌다. 사계절이 빠르게 흐르고 또 흘러서 어느덧 다섯 해가 지났다.

제빵 학원을 우수한 성적으로 졸업한 엄마는 몇 년 사이에 아파트 가격과 전세가 치솟아, 우리가 거주하던 아파트를 전세로 내놓은 뒤 전세금을 받아 망원동 빌라로 이사를 하고 차액으로 근처에 작은 디저트 카페를 차렸다.

카페 이름을 지을 때, 엄마는 팡세나 세라비 같은 근사한 프랑스어 단어를 떠올렸으나 나는 꿈속에서 대박의 작명 현몽을 했다고 둘러대어 푸른 사과로 밀어붙였다. 실내 디자인을 맡은 셀린은 고전풍 프랑스 자수의 뛰어난 실력을 발휘해 카페의 커튼과 식탁보, 컵 받침, 바리스타의 의상 등에 인간과 동물, 식물, 꽃, 그리고 푸른 사과나무가 평화롭게 어우러진 풍경을 신비로운 엔티크풍으로 수놓았다. 셀린은 인간계

푸른 사과의 비밀

에서 수녀가 되기 전에 참한 신부 수업을 받은 게 틀림없을
것이라는 생각이 들었다. 파스칼은 자신의 방에 걸려있던 푸
른 사과 그림을 가까운 푸른 문구점에서 칼라복사한 뒤 금빛
액자에 넣어 메뉴판 옆에 걸어두었다. 니콜라는 어느 날 푸
른 사과 그림을 가리키며, 마치 내게 비밀을 털어놓듯 속삭
였다.

"저 그림을 누가 그린 것 같아?"

"파스칼?"

"글쎄."

"혹시 셀린? 미적감각이 없는 니콜라는 아닐 것 같고… 대
체 누구에요?"

니콜라는 귓속말로 "그림의 원본은 병인박해 기간 중 지
구 반대편의 오베르 쉬르 오와즈에서 작품 활동을 하던 폴
세잔이 신의 계시를 받아 영적인 마음을 끌어모아 그린 것"
이라고 말해주었다.

"헉, 저 그림이 그 유명한 세잔의 작품이라는 거예요?"

"쉿! 아무에게도 말하지 않은 비밀이야."

"그림 값이 수백억 원이겠는걸요!"

"실망스러운 걸. 속물스럽게 돈으로 따지다니….'"

"어떻게 저 그림이 여기까지 오게 된 거예요?"

"빨간 사과만 그리던 세잔이 오베르 쉬르 오와즈라는 작은 마을 성당의 주임 신부에게서 동방의 조용한 나라에서 자행된 토마스 신부의 순교 소식을 들은 뒤에 애도의 기도를 하다가 신의 현몽을 받아 그린 그림이 저 푸른 사과였던 거야. 놀랍게도 신의 현몽은 그곳에서 일하던 젊은 수도자에게도 나타났어. '동방의 끝자락에 있는 나라로 가서 토마스 신부의 수호천사로 일하던 파스칼을 찾아 그에게 푸른 사과 그림을 건네주고 그를 도와 푸른 사과의 정신과 가치를 널리 알리라'는 계시였어. 세잔은 신앙심이 깊진 않았지만 하느님의 부름을 받고 동방으로 떠나는 수도자에게 그림을 주었고, 그 수도자는 그 그림을 이곳으로 가져와 이 세상의 사랑과 평화를 기원하게 된 거지."

니콜라는 한참 동안 푸른 사과 그림을 들여다보며 이유를 설명했다.

"아담과 이브의 달콤한 빨간 사과가 인간의 이성을 혼미하게 만들어 서로 찌르고 죽이는 악행을 유도했다면, 저 푸른 사과는 신이 인간에게 사랑과 용서의 심성을 자극하는 만나(Manna)✥의 과일인 셈이지. 다만, 인간의 육체와 정신을

✥ 이스라엘 백성이 이집트를 탈출하여 성지 가나안으로 가는 도중 광야에서 굶주리고 헤맬 때, 하늘에서 내려주신 양식으로 전해진다.

썩게 하는 단맛 대신에 신맛과 쓴맛, 건조한 맛이 함께 배여 감정과 이성의 배합이 적절히 이뤄지도록 하는 거지.”

들떠 있는 니콜라의 얼굴을 보면서, 그의 삶이 그림과 관련 깊을 거라는 느낌이 들었다.

“혹시 그 젊은 수사가 니콜라?”

니콜라는 나의 놀란 얼굴을 보고 의기양양한 미소를 지었다.

“원래 나는 성프란치스코 수도회에 소속된 수도사였어. 사제서품을 받기 전에 오베르 쉬르 오와즈의 성당에서 봉사 활동을 하면서 그곳 화가들과 교류를 좀 가졌지.”

“우와! 그 마을은 오래전부터 제가 가보고 싶었던 곳이에요. 고흐가 죽기 전에 그렸던 고색창연한 성당을 보고 있으면 왠지 마음이 정결해지는 것 같아요. 고흐를 만난 적이 있어요?”

“네가 고흐에 관심이 많은 줄 몰랐어. 고흐가 이 마을에 오기 전에 난 푸른 사과 그림을 갖고 그곳을 떠나서 그를 만난 적은 없어. 그때 내가 고흐를 만났더라면 그가 그렇게 일찍 죽게 놔두진 않았을 거야.”

나는 고개를 끄덕이며 니콜라의 다음 말을 재촉했다.

“내가 마르세유항에 배를 탔을 때 성 프란체스코 수녀회에서 파견한 셸린 수녀도 합류했어. 아를에서 태어나고 자란 셸린은 로마인들이 만든 그곳 고대 경기장에서 치러지는 투우 경기에서 해마다 죄 없는 소들이 인간들의 사악한 살해 욕망 때문에 죽어가는 것을 보고 괴로워하다가 모든 생명체에 존엄을 차별 없이 세례 하는 수녀회에 입회한 거지. 신부 수업을 받으면서 결혼 준비를 했지만, 약혼자가 살생을 즐겨한 투우사였다는 사실을 뒤늦게 알고 충격을 받았던 거지."

"안타까운 일이군요. 셸린이 반려인에게 버림받은 길냥이와 유기견들에게 따스한 손길을 보내는 걸 보면 얼마나 착한 심성의 소유자인지 알 수 있어요."

마침 셸린이 푸들과 말티즈의 믹스견 이브를 인고서 카페에 들어오자 니콜라는 헛기침을 한 뒤 "투우사를 포기하고 이브를 선택한 천사가 왔다"며 너스레를 떨었다. 햇살이 가득한 테라스에서 졸고 있던 아담은 이브의 등장에 깜짝 놀라 귀를 쫑긋 세운 채 이브를 반겼다.아담과 이브가 서로 장난을 치며 뒹굴면서 놀고 있는 사이에 셸린은 에스프레소 한잔을 들고서 파스칼과 내가 앉은 테이블에 합류했다.

"무슨 이야기 하고 있었어?"

니콜라는 살짝 미소를 지으며 말을 계속했다.

"셸린, 기억나지? 아주 오래전의 일을 얘기하는 중이야.

푸른 사과의 비밀

시간이 많이 지났는데도 기억이 생생하네. 가만, 어디까지 얘기했더라?"

"마르세유항에서 셀린과 배를 탄 것까지였어요."

나는 셀린과 살짝 볼키스를 나눈 뒤 니콜라에게 이야기의 흐름을 환기시켰다.

"나와 셀린이 1년을 걸려 아프리카, 인도, 인도차이나, 상하이를 거쳐 낯선 조선 땅의 한강 양화진에 도착하자 파스칼이 우리를 반갑게 맞아주었어. 파스칼은 우리가 가져온 그림을 보고서 너무 놀란 나머지 온몸을 부르르 떨며 경기를 했어. 나중에 파스칼이 말하기를, 우리를 만나기 전날에 신이 현몽하여 '내가 푸른 사과 그림을 보내노니 이 사과로 인간 사회를 구하라'라고 했다는 거야. 사실, 나도 프랑스를 떠나기 전에 그 같은 신의 목소리를 들은 적이 있어서 파스칼의 말에 적잖게 놀랐지."

"푸른 사과로 어떻게 인간 사회를 구해요?"

니콜라는 호기심 어린 나의 눈빛을 살피면서 셀린에게 답변을 부탁했다.

"아무래도 행동파인 나보다는 논리정연한 셀린이 더 쉽게 설명해줄 거야."

셀린은 아담의 머리를 쓰다듬으며 기다렸다는 듯 말했다.

"신이 사랑과 평화의 상징으로 푸른 사과를 선택한 것은 심오한 뜻이 담겨있어. 예수와 싯타르타가 인류의 구원을 기도할 때, 단식기도를 마치고서 푸른 사과로 허기를 달랬고, 푸른 사과의 즙을 짜서 오랜 굶주림으로 삶의 기로에 처한 이들을 구하셨지. 사과의 푸르름은 싱싱한 생명의 상징이고, 그 즙은 기쁨과 환희의 나눔이며, 그 씨앗은 무성한 사랑의 결실을 의미하는 셈이지."

내가 의아해하는 눈빛을 보내자, 니콜라는 미소를 지으며 하늘을 향해 성호를 그었다. 그날 이후 나는 파스칼의 아지트에 방문할 때마다 벽에 걸린 푸른 사과 그림을 유심히 들여다봤고, 니콜라는 그런 나에게 묘한 미소를 지어보였다. 하시만 나는 푸른 사과 그림의 화가가 폴 세잔일 거라고 굳게 믿었다.

카페에서 빠뜨릴 수 없는 것이 음악이었지만, 유행과는 거리가 먼 노래들이 흘러나왔다. 음악 선곡은 평소 노래를 좋아하는 니콜라가 맡았으나 가끔씩 중세풍의 로마네스크 음악과 고딕음악을 골라서 카페 분위기를 갑자기 경건하게 만들기도 했다. 어느 날, 니콜라는 나와 뮤지컬 '드라큘라'를 본 뒤 음악이 좋아 음반을 사서 한동안 드라큘라의 노래를 계속하여 들려주었다.

174

(…)

혀끝에서 뜨거운 피

갈망하네

갈증 나네

혀끝에서 뜨거운 피

영원토록 젊으리라

영원토록 젊으리라

영원토록 젊으리라

(…)

파스칼과 셀린, 그리고 나는 이 노래를 들을 때마다 니콜라의 짓궂은 음악 취향에 고개를 절레절레 저으면서도 리듬에 맞춰 노래를 따라 불렀다. 카페 푸른 사과는 뱀파이어들의 새 아지트로서 레몬 향이 늘 그윽했다. 뱀파이어들이 거의 매일 들락거렸으나, 엄마와 단골손님들은 이들의 정체를 전혀 몰랐다. 셀린과 니콜라는 엄마를 도와 뱀파이어의 특성을 살린 다양한 메뉴를 개발했다. 에티오피아, 케냐, 과테말라의 산지에서 직수입한 공정무역 커피 외에도 빨간 팥으로 쑨 죽, 홍당무와 비트, 석류, 딸기, 자두, 앵두, 체리, 자색 양배추, 토마토를 갈아 만든 건강 주스, 구기자차와 붉은 보르

도산 와인을 메뉴로 내놓았다. 셀린은 멋진 그림 실력을 발휘해 먹음직스러운 푸른 사과를 문양으로 찍은 와플, 티라미수, 단팥빵을 선보였다. 엄마는 왜 음료수가 전부 빨간색이고 디저트 메뉴가 모두 푸른 사과 문양이냐며 고개를 갸웃했으나, 나는 셀린 니콜라과 함께 깔깔 웃기만 했다.

카페 푸른 사과에서는 생태 관련 토론회와 독서모임, 소규모의 콘서트를 가지며 젊은 층 사이에 핫 플레이스로 인기를 끌었다. 젊은 작가들과 독립출판사들은 생태, 젠더, 동물 관련 책을 내면 이곳 카페에서 팬 사인회를 겸한 출판기념회를 앞다투어 열었다.

카페 푸른 사과가 늘 자리가 없을 정도로 가광을 빚자 나는 엄마의 동의를 얻어, 빵과 디저트는 제빵사인 엄마가 만들고 카페 경영은 나와 내 동료들이 맡기로 했다. 우리는 인근 합정동에 2호점, 연남동에 3호점을 냈고 인근 연희동에 4호점 개업을 준비할 정도로 손님들이 많았다.

자살 직전에 구해낸 X 프로젝트 팀원 중에 카페 일에 관심이 많은 젊은이들에게 바리스타를 교육한 뒤 카페 푸른 사과의 체인점에 배치해 이들의 정상적인 활동을 도왔다. 카페 규모가 커지면서 디저트 물량이 많아지자, 엄마의 남자 친구인 김 씨 아저씨는 학교 조리사를 그만두고 엄마의 일을 도

푸른 사과의 비밀

왔다.

매출이 급증하자, 어느 날 파스칼은 자신의 합정동 아지트에서 뱀파이어 대의원 회의를 소집해 카페 푸른 사과 2~4호점의 순이익 일부를 떼어내 뱀파이어 건강 지원비를 적립하는 방안을 논의했다. 대의원 회의는 뱀파이어 12명으로 구성되었다. 나는 아직 인간 쪽에 가까웠지만, 12명 중 한 명으로 참여했다.

파스칼은 참석자들을 둘러본 뒤 만족해하는 얼굴로 미소 지었다.

"모든 분의 피부에 반질반질 윤기가 나는군요. 영양 상태가 좋아졌다고 봐도 되겠죠. 특히 뱀 동지들의 얼굴은 그 어느 때보다도 광채가 납니다."

뱀파이어들 사이에선 서로를 일컬어 뱀 동지라고 불러왔다. 몇 년 전 포르피린 증후군을 앓았던 루주는 파스칼의 덕담에 고개를 끄덕이며 말을 덧붙였다.

"파스칼 동지의 지도력 덕분이죠."

파스칼은 만족스러운 표정을 지으며 금전적인 문제를 꺼냈다.

"그동안 우리가 우리에게 필요한 각종 영양제를 인근 코스트코와 홈플러스 같은 대형 할인점에서 슬쩍 훔쳐 왔는데,

앞으로는 정상적인 비용을 지출하고 좋은 영양제를 당당하게 구입해야겠습니다. 그래도 되겠죠?"

"당연하죠!"

"와우!"

참석자들이 모두 환호했다. 그동안 컴컴한 밤에 경비를 뚫고서 대형 할인점에 들어가 영양제를 훔칠 때마다 그곳 판매원들과 경비원들에게 죄책감이 들었는데, 앞으로는 그들에게 해를 끼칠 일이 없다니 다행스러웠다.

파스칼은 잠시 뜸을 들이더니 말을 이었다.

"여러분이 죄책감에서 벗어나 기뻐하시니, 저도 참 기분이 좋습니다. 기왕 이렇게 결정했으니, 과거에 우리가 훔친 영양제에 대해서도 뒤늦게나마 돈을 버는 대로 변상하면 어떨까 싶네요. 제 제안을 어떻게 생각하십니까?"

참석자들은 박수로써 이에 동의했다. 카페 푸른 사과의 매출 상승이 계속되면 머지않아 변상액을 모두 감당할 수 있을 것 같았다.

나는 X 프로젝트팀의 전국 네트워크를 총괄하면서, 틈틈이 카페 푸른 사과의 바리스타 책임 역으로 일하며 사이버대학에서 심리 상담학을 공부했다. 인간과 뱀파이어 간의 평화적 공존을 도모하는 메신저로서 제대로 일하기 위해선 이론

적 지식이 필요했기 때문이다. 23살의 조금 늦은 나이에 입
학했지만, 이제 난 뱀파이어들의 도움 없이도 장학금을 받을
정도로 공부 친화적인 인간이 되었다. 매일 아침이면 자전거
를 타고 망원정 뒤의 오솔길로 난 한강 변을 따라 양화대교
와 당산철교를 지나서 절두산 기슭의 작은 길을 통해 합정동
의 뱀파이어 아지트에 들렀다.

시간이 약이란 말이 맞는지, 파스칼 일행과 어울리다 보니
어느덧 전염병은 잠잠해졌다. 독감에 걸렸거나, 변이 바이러
스에 걸린 사람 외에는 마스크를 착용하는 사람이 거의 없었
다. 간혹 서교동과 연남동 일대에서 X 프로젝트 회의 참석차
길을 건널 때 고등학교 친구들을 맞닥뜨려 서로 반가움을 표
시했지만, 난 이들이 대학을 졸업했어도 절대 행복해하지 않
는다는 사실을 알게 되었다. 기업과 사회가 요구하는 주문자
형 인간이 되기 위해 적성검사와 인성검사를 준비하거나, 바
늘구멍의 취업난을 통과하기 위해 별의별 자격증을 다 따야
하는 친구들의 현실이 20여 년 전에 예슬이 언니가 울분을
토했던 시대 상황보다 전혀 달라지지 않아 안타까웠다.

정보통신(IT) 기업들은 인간의 두뇌와 감성을 뛰어넘는 인공지능(AI)을 탑재한 로봇을 경쟁하다시피 만들고, 산업현장과 노동현장, 일반 서비스업종에서는 AI 로봇이 빠르게 인간을 대체해갔다.

얼마 전, AI 로봇 판매원이 카페에 들러 월 5만원의 구독 서비스로 이용하는 신형 AI 로봇인 바리스타7의 서비스 실력을 보여주자, 모두가 깜짝 놀랐다. 청소년과 젊은 층에 인기가 높은 남성 아이돌 그룹 세븐의 리더싱어 블랙을 닮은 바리스타7은 파스칼이 커피 주문을 하려 하자 먼저 청량한 목소리로 말했기 때문이었다.

"파스칼님, 안녕하세요. 산미가 가득한 에스프레소 한 잔을 투 샷으로 드리겠습니다."

"아직 주문하지도 않았는데, 어떻게 제 취향을 알았을까요?"

"저는 파스칼님이 아프리카산, 특히 에티오피아산 예가체프 커피를 좋아하시는 것도 알고 있습니다."

"나에 대해 어떻게 알고 있는거죠?"

"제 렌즈에 포착된 파스칼님의 얼굴과 음성, 입술, 그리고 숨소리를 종합하여 커피 취향을 판단해보는 겁니다."

파스칼을 비롯해 니콜라, 셀린, 그리고 나는 놀란 표정을

푸른 사과의 비밀

지으며 서로 얼굴을 바라보았다. 니콜라는 조금 흥분한 목소리로 바리스타7에게 물었다.

"그럼 파스칼이 누구인지도 알 수 있을까요?"

"저는 카페 서비스 전용 AI라서 파스칼님의 사적인 내용에 대해선 말씀드리기 곤란합니다. 다만, 여기 네 분 중 한 분만 빼고는 인간이 아닌 다른 생명체로 판단됩니다."

우리는 바리스타7이 건네준 커피 음료를 마신 뒤, AI 로봇 판매원에게 "로봇을 들이기에는 아직 정리해야 할 생각이 많다"며 정중하게 로봇 구독서비스를 거절했으나 찜찜한 기분을 털 수 없었다. 빠른 속도로 확산되는 AI 로봇이 당장에 인간계에게 편리함을 주는 존재이지만, 어쩌면 나중에 인간들이 존재론적 회의감에 빠지게 될 것 같은 느낌이 들었다.

"머잖아 AI 로봇이 인간들을 대체하면 어떡하지?"

셀린이 나를 바라보며 푸념하듯 말하자, 나는 "우리가 있잖아"라고 가볍게 웃어넘겼다.

AI 로봇이 뛰어난 인공지능으로 뭐든지 다 해주면, 인간은 노동 때문에 늙을 일도 없고 아이들을 기르느라 늙을 일도 없으며 가난 때문에 늙을 일도 없게 되겠지. 하지만 인간이 고통을 수반하는 노동뿐만 아니라 커피 서비스와 요리 같은 인간의 기본적인 행위마저도 모두 로봇에게 맡겨버린 까닭에, 노화의 속도가 느려져 인간 자체가 로봇화하지 않을까 걱정되었다. 그나마 노화가 없는 뱀파이어는 '인간미'라도 있지만, 로봇에게서 과연 그런 걸 찾을 수 있을까? 어쩌면 셀린은 AI 로봇을 뱀파이어의 미래 천적으로 여기는 듯싶었다.

내가 그토록 싫어하는 교육부가 AI 교육부로 이름을 바꾸고, 유치원부터 대학까지 "로봇은 친구"라며 AI에 최적화된 교육을 주창하고 교육과정의 전면수정에 나서자 위급한 마음이 들었다.

AI 로봇이 가사 서비스는 물론, 인간이 심심할 때 인간과 같이 게임도 하고 외로울 때는 서로 얘기도 나누고 심지어 사랑까지도 나눌 수 있는 시대가 성큼 다가오다니….

'로봇이 친구가 될 수 있지만, 이러다가 진짜 친구들을 잃으면 어떡하지?'

나는 친구들에게 '뛰쳐나와'라고 말하는 대신에, X 프로젝트팀이 대자연과 인간의 평화적 공존의 의지를 담아 제작한 푸른 사과 스티커와 사과 씨앗, 홍보 리플을 나눠주었다.

발코니 화단에 푸른 사과를 심어보세요. 풍부한 사랑의 과즙이 당신의 메마른 고독을 치유해줄 것입니다….

X 프로젝트는 팀원들이 어느새 100명으로 늘어 활발하게 활동했다. 하지만 이들 가운데 극소수를 빼면 파스칼을 비롯한 뱀파이어들의 정체를 정확히 아는 이는 없었다. 팀원들은 상처받아 힘들고 지친 젊은이들을 찾아 친구가 되어주기도 하고, 뱀파이어들이 자살 직전의 젊은이들을 구하면 공감력 증강 매뉴얼에 따라 이들의 이야기를 들으며 공감대를 찾았다. 구조된 젊은이들의 심리적 건강상태가 심각한 수준으로 파악되면, 의료팀과 비상 구조팀이 동원되어 심리적인 치료와 약물치료를 병행해나갔다.

신문에 칼럼을 쓰며 전환 운동을 벌이는 한윤정 박사는 X 프로젝트의 특별고문으로 초빙되어 팀원들을 상대로 주기적으로 생태 마을, 전환 마을, 로컬푸드 운동, 슬로라이프 운동, 그리고 이종 생명체들과의 평화적 공존 등을 교육하며 대자연과의 관계에 대한 인식을 확장해주었다. 한때 스티브 잡스의 사과 알코올에 취해 스마트폰의 가상공간에서 외로움과 분노를 배설하던 젊은이들은 친구들도 없이 외롭게 지내던 생활을 벗어나, 현실 속 공존의 삶에 흥미를 갖기 시작했다.

합정동과 망원동 사이에 형성된 이른바 뱀파이어 존은 해마다 조금씩 확장되어 연남동, 상수동, 성미산마을, 연희동,

노고산동, 아현동에까지 뻗어갔다. 젊은이들은 노트북과 스마트폰에 새겨진 잡스의 사과에 파스칼이 내게 준 푸른 사과의 스티커를 덧붙여 네트워크 속의 고독을 지워나갔다.

뱀파이어들이 LGBTQIA라니?

어찌 된 일인지, 지훈이는 내가 수년 전에 그의 목을 물고 서 피까지 살짝 마셨는데도 송곳니가 돋아나지 않았다. 아 마 내 몸 안의 뱀(vam)균이 지훈이의 뇌까지 침투하지 못 한 듯했다. 그게 지훈에게 다행인지 불행인지 잘 모르겠으 나, 지훈이는 소수자 팀장을 맡아 제 역할을 톡톡히 해냈다. 성적소수자 LGBTQIA*(L-레즈비언, G-게이, B-양성애자, T-트렌스젠더, Q-퀴어 또는 퀘스처닝, I-인터섹슈얼, A-무 성애자)(부록 17편 참조)에 대한 사회적 통념이 여전히 부 정적이었지만, 지훈이는 이들을 대상으로 하는 다양한 핑 크 프로젝트를 추진하여 인간사회에 적지 않은 반향을 일으 켰다. 공중화장실에 M(남) W(여) 외에 제3의 X 공간을 두 어 LGBTQIA가 더 이상 눈치 보지 않고 볼일을 보게 했고, LGBTQIA의 건강한 삶을 위한 푸른생명보험, 금융상품인 푸 른 머니, 주거환경 개선계획인 푸른 하우스에 대한 아이디어

인간과 뱀파이어 간의
평화적 공존을 위한 '망원동 선언' 부록 17편

「성의 구별이 없는 젠더리스(Genderless)에 가까운 우리 뱀파이어는 성적 충동이 없거나 성적 매력을 주지도 느끼지도 않고, 성적 자극에 반응하지 않는 무성애자라고 할 수 있다. 다양성을 추구하는 인간계 현대사회에서 성소수자의 개념이 LGBT에서 LGBTQIA로 확장되었다. LGBTQIA의 의미는 무엇인가?

지금까지 우리가 익히 알고 있는 LGBT(Lesbian, Gay, Bisexual, Transgender)에 QIA가 덧붙여진 용어다. 즉, 자신의 성적 특성을 무언가로 규정짓기 어려운 개념의 퀴어(Queer) 또는 퀘스처닝(Questioning), 인터섹스(intersex), 에이섹슈얼(asexual)의 의미가 추가된다. LGBT는 여성 동성애자인 레즈비언, 남성 동성애자를 이르는 게이, 남녀 모두에게 성적 매력을 느끼는 양성애자, 출생시의 성과 사회적으로 생활하는 성이 다른 트랜스젠더를 포괄해왔지만, 다양한 특성을 지닌 성소수자 집단이 새로 존재하면서 새로운 성적 특성이 별개의 개념으로 확립되어 또다시 새로운 용어가 덧붙여졌다.

최근에 등장한 LGBTQIA에 추가된 Q는 과거 성소수자를 비하하는 명칭이었으나 현재는 성소수자 모두를 대표하는 포괄적인 개념인 퀴어를 의

푸른 사과의 비밀

미하는 동시에 자신의 성정체성이나 성적 지향에 의문(퀘스처닝)을 갖는 사람이고, I는 한 몸에 남녀 성기를 같이 갖는 인터섹스이며, A는 성적 충동이 없거나 성적 매력을 주지도 느끼지도 않고, 성적 자극에 반응하지 않는 무성애자, 즉 에이섹슈얼을 의미한다.

우리 뱀파이어가 성소수자의 권익을 위해 노력을 기울이는 것은 우리 자신이 무성애자인 에이섹슈얼로서 단순히 말초적인 성애가 아니라 절대적이며 대자연적인 사랑을 추구하기 때문이다.」

도 공론화하여, 비록 논쟁적이지만 성적소수자에 대한 우리 사회의 편견을 뒤흔드는 데 크게 이바지했다.

수빈이는 내가 자퇴한 뒤 전교 1등을 다시 회복해 자신과 부모님의 바람대로 의대에 진학했다. 파스칼이 세운 심리치료센터에서 정기적으로 심리 및 물리치료를 받아 건강을 회복하고 내가 팀장으로 있는 X 프로젝트팀에서 의료자원 봉사를 하면서, 수빈이는 뱀파이어와 인간 간의 사랑과 우정을 엮는데 큰 역할을 하였다. 지훈이는 어느 날 내가 묻지도 않았는데 자신의 성적 정체성을 토로했다.

"아무래도 나는 LGBTQIA중에 G와 B 사이를 오가다가 요즘엔 A의 특질이 나타나는 것 같아."

"공식적으로 커밍아웃하는 거니?"

"네게 사적으로 내 고민을 말하는 거야."

"내가 보기에 넌 G 성향이야. 솔직히 말하면, 나처럼 매력적인 여자를 거부하고 주현이에게 더 관심을 가졌잖아. 다만 요즘엔 네가 하는 일들이 많아 A 성향의 느낌을 가졌을 거라고 생각해."

"과연 그럴까? 대자연적인 인류애를 구현하는 프로그래머로 활동하면서도 정작 나 자신의 사랑에 대해선 느낌이 무뎌지니까 조금 혼란스러웠어."

실제로 지훈이는 컴퓨터 공학을 전공하며 익힌 코딩 실력을 발휘해, 몇 년 전에 내가 개발을 주도했던 '뱀파이어와 인간의 성격유형별 공감력 증강지표'(VH-MBTI)를 앱으로 만들었고, 뱀파이어존의 네트워크를 개선해 파스칼의 아지트와 카페 푸른 사과, 심리치료센터, 의료팀, 비상구조팀, 그리고 활동가들의 모든 통신망을 통합적으로 연결했다. 어둠 속에서 서성이며 홀로 고통을 감당하는 젊은이들이나 동물들이 나타나면, 활동가들은 그 즉시 달려가 VH-MBTI 앱을 작동해 최적의 상담을 할 수 있었고, 각 전문가그룹은 유기적인 협력을 통해 효과적인 후속 조처를 해 피구조자의 심적·육체적 상태를 신속하게 정상화할 수 있었다. 무엇보다도 지훈이의 공로는 평소 나를 비롯해 파스칼 일행이 못마땅해했던 AI 로봇의 사회적 확산에 대한 문제의 심각성을 X 프로젝트 팀원들과 공유하며, 중앙정부와 지방정부, 국회의원들과 시의원들에게 시위를 하고 압력을 가해 AI 로봇이 노동 및 교육 현장에서 인간의 일자리를 뺏을 수 없도록 하는 법안을 통과시켰다는 점이다. AI 로봇은 노인 및 장애인 수발, 길냥이와 유기견, 동물 보호 및 관리 등에만 투입될 수 있도록 업무가 제한되었다.

그러나 제 몫을 기대 이상으로 톡톡히 해내는 지훈이가

늘 자랑스러우면서도 조금 걱정스러웠다. 그가 지나칠 정도로 일에 몰두하는 건 어쩌면 주현이의 죽음에 따른 심적 고통에서 벗어나려는 몸부림으로 비쳤기 때문이었다. 나는 살짝 붉어진 지훈이의 눈을 바라보다가 살며시 안아주었다.

"이제 주현이를 놔줘도 돼. 더 이상 고통과 아픔이 없는 세상에서 너와 나, 우리 모두를 지그시 지켜볼 거야. 미소를 지으면서 말이야. 이제 네가 원하는 사랑을 찾아도 될 것 같아."

"……."

"기분도 전환할 겸. 수빈이랑 같이 자전거 타고 동네 순례를 좀 해볼까? 혹시 알아? 뜻하지 않게 너의 멋진 사랑을 만나게 될지."

지훈이는 내 귀에 아주 작은 목소리로 말했다.

"너, 그렇게 자주 수빈이를 보면서도 또 만나고 싶어 하는구나."

X 프로젝트의 팀원들은 거의 매일, 삶의 끝자락에서 힘겹게 숨 쉬는 젊은이들을 맞이했다. 뱀파이어들이 높은 빌딩이

푸른 사과의 비밀

나 강둑, 다리 난간에서 뛰어내리는 이들을 구해오면 팀원들은 VH-MBTI 앱을 켜고서 때로는 공식과 규칙에 따라, 때로는 감성과 열정을 내세워 탁월한 공감 능력을 발휘했다. 젊은이들은 하마터면 건널 뻔했던 레테 강에서 빠져나와 X 프로젝트팀의 든든한 우군이 되어주었다.

젊은이들이 고뇌하는 사연은 가지각색이었다. 취업의 어려움이나 연애의 실패, 가족과 친지의 죽음을 슬퍼하지만, 정작 젊은이들을 괴롭히는 것은 가슴을 죄여오는 공허함이었다. 페이스북과 인스타그램에 수천 명의 친구들이 있어도 주말에 영화 한편 같이 보러 갈만한 친구가 없고, 정작 친구들과 만나더라도 모두가 자신들의 SNS를 들여다보느라 대화에 집중하지 못하는 현실은 친구가 곁에 있어도 외로움을 느끼는 젊은이들의 공허함을 그대로 반영한다.

내 기억에 남는 사건 하나. 그날은 잔잔한 바람이 불던 화창한 봄날의 저녁이었다. 절두산의 벚꽃들이 미풍에 휘날리고, 찔레꽃향이 은은하게 코를 자극했다. 이 동네에 새로 지은 50층짜리 파라다이스 오피스텔 빌딩의 중간층 창문에서 하얀 실루엣이 어른거리자, 파스칼이 순식간에 하늘을 날았다. 파스칼은 의식을 잃은 20대 후반의 남자를 안고서 돌아왔다. 깜짝할 사이에 일어난 일이어서 어느 인간들도 이를 눈치채지 못했다. 그의 몸에는 상처가 전혀 없었다. 우리는 그가 깨어날 때까지 조용히 기다렸다. 마침내 그가 몸을 일으키려 뒤척거렸다. 나는 그가 낯선 뱀파이어들을 보면 깜짝 기절할까봐 그에게 먼저 다가가 물 한 잔을 주었다. 파스칼과 니콜라, 셀린은 최대한 다감한 모습으로 나와 그를 지켜보았다. 하지만 긴장한 표정이 역력했다.

"여긴 어디예요?"

그의 질문을 받자 왠지 살짝 장난기가 발동했다.

"어디일 것 같아요?"

"천국?"

"왜 천국일 것 같아요?"

"당신이 천사처럼 보여요."

그리고 그는 황당하다는 표정을 지었다.

"그런데 저를 왜 이리 데려왔어요?"

"뛰어내리려는 당신을 우리가 구했어요."

"제가요? 제가 왜 뛰어내려요?"

"난간에 위험하게 매달려 있었잖아요?"

"아, 제 고양이 나비를 찾는 중이었어요."

나는 내 이마를 탁 치며 어이없는 표정을 지었다.

"그래도 너무 위험한 상황이었어요."

그는 잠시 나를 뚫어지게 바라보더니, "어쩌면 나비를 못 찾으면 이렇게 떨어져도 좋겠다고 생각했어요"라고 말했다.

하지만 그의 말을 들으며 난 천사처럼 애써 다정한 미소를 지어보였다. 그는 내게 엷은 미소로 답했다.

"전 천국에 꼭 오고 싶었어요. 지옥 같은 삶에서 늘 벗어나고 싶었거든요."

"어떤 지옥에서 살았어요?"

"제가 사는 곳은 강 건너 높이 솟은 고층 아파트입니다. 사방이 유리로 막혀 있어요. 창문을 열고 숨도 쉴 수가 없어요. 밖에 나갈 때는 엘리베이터를 타고, 지하 주차장에 바로 내려가서 이웃을 만날 일이 없어요. 사람이 사람을 만날 수 없다는 게 얼마나 삭막한지 아세요?"

"하지만, 휴대폰으로 페이스북도 할 수 있고, 카톡 친구들과 대화도 나눌 수 있잖아요?"

나는 그의 휴대폰을 가리키면서 SNS의 장점에 대해 말했다.

"온라인상에 친구들이 많으면 뭐해요? 휴대폰을 끄면 모두가 사라지는걸요. 볼 수도 없고, 만날 수도 없는 존재들뿐이죠."

나는 절로 고개를 끄덕였다.

"엄마, 아빠는 없어요?"

나는 질문을 던져 놓고선 아차 싶은 생각이 들었다. 이런 민감한 가족사를 묻다니…. 하지만 그는 이에 개의치 않고 말을 이었다.

"부모님은 모두 좋으신 분들이죠. 아니, 지금까지는 좋으신 분이셨죠."

"그런데 왜 삭막해요?"

"저는 대학을 졸업하고 지금까지 백수로 지내고 있어요. 아빠는 요즘 들어 노골적으로 제게 눈총을 주면서 저를 멀리하고 있어요. 저는 오히려 그게 싫어요. 아빠가 돈을 잘 벌고, 부자 동네에 사는데 제가 백수로 좀 지내면 이때요? 요즘 취업하기가 얼마나 힘든데요. 아빠는 외고를 졸업하고, 서울대 의대를 나와 레지던트로 일하는 누나와 자꾸 비교하며 제게 밥값 좀 하라고 말해요. 제가 뭘 얼마나 먹는다고?"

"음, 눈칫밥 먹는 게 쉽지 않죠. 저도 그랬던 걸요. 그렇다고 목숨을 버릴 생각까지 해요?"

나는 중고교 시절에 학교에서 말썽을 부려 화가 치민 엄마가 "귀신이 너 같은 애 안 잡아가고 뭐 하는지 모르겠다"고 악담을 퍼부은 게 떠올랐다.

"부모는 자식을 너무 사랑하지만, 너무 화가 나면 마음에도 없는 얘기를 하기도 하죠.”

“저도 그런 건 알아요. 하지만 아빠는 저보다는 아빠 자신의 위신을 먼저 생각했어요. 저는 아빠의 바람대로 하루 4시간씩 자며, 수학과 과학 학원을 맴돌면서 과학고를 진학했어요. 하지만 대학은 제가 원하는 곳으로 선택하고 싶었어요.”

“그래서 어디를?”

“수의학과에 입학했어요.”

나는 “와우!”하며, 기쁜 탄성을 질렀다.

"저도 꼭 가고 싶은 곳이었어요. 아픈 동물을 보살피는 게 얼마나 가치 있는 일인데요.”

그는 고개를 절레 절레 흔들었다.

“하지만, 아빠는 사람의 병을 고치는 의사가 진짜 의사이고 돈을 많이 벌 수 있다면서 저의 수의대 진학을 결사 반대하셨어요.”

“그래서 수의사 되는 걸 포기했어요?”

“아뇨! 수의대를 들어갔지만, 아빠가 의대 진학을 계속 요구하는 바람에 3학년까지 다니다가 포기했어요. 지금껏 백수로 지내고 있어요. 제가 집사로 돌보는 고양이 나비와 놀다보면, 하루가 금세 가요.”

나는 그의 해맑은 눈동자를 보면서 그가 수의대를 포기한 게 무척 아쉽게 느껴졌다.

"사회적으로 성공한 아빠는 친구분이 대표이사로 있는 대기업에 저를 취직시키려고 했지만 저는 퇴짜를 맞았어요. 아빠가 제공한 '아빠 찬스'가 싫어서 제 팔뚝에 제가 좋아하는 고양이 헤나 문신을 하고서 아빠 친구 회사의 면접관들을 만났거든요. 그것도 한 마리가 아니라 세 마리나 붙이고서."

"그래요?"

나는 호기심 어린 눈으로 그를 바라보았다.

"아시잖아요? 꼰대 같은 면접관들이 제 모습에 황당해했고 당연히 아빠 찬스를 놓쳤어요. 아빠는 '요구르트를 떠먹여줘도 못 먹고 있다'며 노발대발했어요. 하지만 제 또래 친구들은 모두 취업에 어려움을 겪고 있는데, 저 혼자만 살겠다고 반칙하면 안 되잖아요."

"맞아요. 잘 하셨어요. 그런데 왜 자살을 하려 했어요?"

나는 너무 성급히 본론을 꺼낸 것 같아, 그가 어떤 말을 할지 그의 입 모양을 살폈다.

그는 길게 한숨을 내쉬고서 말을 이었다.

"엄마는 아빠의 따가운 눈총을 받는 제가 안쓰러운지 이곳 합정동에 새로 지은 높은 오피스텔 빌딩에 자그마한 원룸을 얻어주셨어요. 이곳에서 차분하게 취업 준비를 하라면서요. 저는 오피스텔 이름이 파라다이스라서 맘에 들었어요. 해방감을 느꼈어요. 저는 퀵 서비스 노동자로 음식 배달을 하면서 홍대 근처 경의선 숲길의 길냥이들을 보살피는 게 너무 즐거웠어요. 그런데, 며칠 전에 질투심 많은 나비가 가출을 했어요. 도무지 종적을 찾을 수가 없어요. 저 높은 빌딩에서 틀림없이 저를 원망하며 거센 북풍에 몸을 던졌을 거예요. 불쌍한 녀석….”

나는 눈물을 짜는 그의 어깨를 토닥거리며 손수건을 건넸다. 그는 손수건으로 눈물을 닦은 뒤 코를 풀다가 내 눈과 마주쳤다.

“아, 죄송해요. 나중에 빨아 드릴게요.”

“괜찮아요. 그냥 가지셔도 돼요.”

나는 수줍음이 많고, 감성적이며, 자존감이 강하고, 상상력이 풍부하고, 동물을 사랑하는 그를 보면서 아마도 그의 VH-MBTI가 +INFP일 것이라는 생각이 들었다. INFP 유형보다 훨씬 더 감성적인 성격이었다. 나는 카페 푸른 사과의 체인점 중 분위기가 가장 로맨틱한 동교동 지점으로 그를 데려가 니콜라가 선곡한 바흐의 음악을 들으면서 말을 꺼냈다.

“아직 서로 이름을 모르는군요. 전 민주예요. 그쪽은요?”

“치용이에요. 친구들이 치드래곤(Chidragon)이라고 불러요."

"왜요?"

"한자어로, 지드래곤과 이름이 비슷하고, 생김새가 흡사하다나요. 그런데 저는 노래를 잘 못해요."

"요즘엔 더 인기 있는 가수도 많은데…. 그분이 왜 맘에 들어요?"

순간, 그의 얼굴이 금세 굳어졌다.

"퍼포먼스가 좋고 보컬 실력이 뛰어나잖아요. 진정한 아티스트라 생각해요. 인기란 거품 같은 거예요."

나는 그의 말에 고개를 끄덕였다. 하마터면, 나의 성급한 한 마디에 그와의 대화가 단절될까봐 가슴을 졸였는데 다행히 그는 그냥 넘어갔다. 나는 얼른 카페 카운터로 가서 셀린에게 귓속말로 지드래곤의 노래를 틀어달라고 부탁하고 다시 자리에 앉았다. 잠시 뒤, 지드래곤의 노래가 들려왔다. 최근 곡이 있을 텐데 셀린이 급히 서두르는 바람에 오래된 '마마(MAMA)'라는 랩 곡을 선곡했다.

......

오랜만이네요, MAMA. 큰 상을 차리나봐
자식들 싸울까봐 친히 나눠 주시잖아

이젠 아들 다 커서 먹는 것만 봐도 배부르니까

내 어린 동생들 밥이나 줘요

……

치드래곤은 조용히 입술을 떼어 지드래곤의 빠른 랩을 따라 불렀고, 나도 머리를 흔들고 어깨와 무릎을 살짝 들썩였다.

"나비는 제 친동생 같은 녀석이에요."

그는 다시 손수건을 꺼내 콧물을 닦았다.

카페 안에 있던 파스칼과 니콜라, 셀린, 그리고 조금 전에 막 들어온 지훈 일행도 기분 좋게 춤을 추었다. 나는 치드래곤에게 나의 동료들을 모두 소개했고, 우리는 그가 좋아할 만한 가수들의 노래와 넷플릭스 영화, 그리고 반려견과 고양이에 대해 얘기를 나누었다. 2시간쯤 지나자 그가 마음을 많이 열었다는 느낌이 들었다. 땅거미가 조금씩 지기 시작했다.

"나비를 찾으러 갈까요?"

"어디로요?"

나는 전면이 유리로 둘러싸인 50층짜리 파라다이스 빌딩을 손가락으로 가리키며 말했다.

"저 건물 어딘가에 갇혀있을 것 같아요. 아마도 어딘가 꽉 막힌 공간에서 당신을 기다리며 눈물 지을 것 같아요."

파스칼이 내 말에 고개를 끄덕이며 동의했다. 지드래곤과 내가 나가려는데, 파스칼이 우리에게 검지를 입에 대고 '쉿' 소리를 한 뒤 건물 옥상을 한참 올려다보았다. 그는 순식간에 빛의 속도로 50층 빌딩 위로 날아갔다가 몇 분 뒤 고양이 한 마리를 안고 돌아왔다. 치드래곤은 깜짝 놀랐고, 나비는 어리둥절한 표정으로 '야옹' 소리를 냈다. 둘은 서로 꼭 껴안았다.

"나비가 옥상 환기통에서 오들오들 떨고 있었어. 마침 바람을 타고 나비의 내음이 내 코에 닿아서 이 애를 찾을 수 있었지. 건물이 모두 두터운 강화 유리로 막힌 저런 건물에는 생명체가 살기 힘들겠어."

치드래곤은 이 사건을 계기로 파스칼의 아지트 옆으로 빌라 원룸으로 이사를 했고, 나비는 골목길을 자유롭게 뛰어다니며 친구들을 사귀었다. 수의대를 중퇴한 그는 동교동과 연남동의 경의선 숲길을 배회하는 길냥이들의 건강상태를 일일이 체크하고 모두에게 이름표를 부착하는 등 체계적으로 관리해 나갔다. 우리는 치드래곤의 수고 덕분에 이제 골목길에 고양이가 고개를 삐죽 내밀기만 해도 녀석의 이름이 느와르인지, 마리인지 쉽게 알 수 있게 되었다. 무엇보다도 우리가 기쁜 것은 그가 다시 수의대에 복학하여 진짜 수의사가 되었다는 점이다.

"아무래도 아프고 병든 길냥이와 강아지들을 제대로 보살피려면, 허가받은 외과적 수술 능력이 필요할 것 같아요."

수의사 된 치드래곤이 연남동 경의선 숲길 근처에 개업한 푸른동물병원은 동물들의 천국으로 자리 잡았다. 나비는 마치 백의의 천사인 간호사처럼 흰 꼬리를 살랑대면서 상처받은 동물들을 안내하는 역할을 맡았다.

여름의 문턱에서 밤공기가 제법 무더운 6월 29일, 뱀파이어와 인간의 평화적 공존을 담은 '망원동 선언' 10주년이자 인간 청년들과의 소통 강화를 위한 '공감력 증강 매뉴얼' 발표 5주년을 하루 앞두고 긴장한 탓에 나는 잠자리에 들 수가 없었다. 밤새도록 TV 채널을 돌리면서 띄엄띄엄 영화와 뉴스, 드라마, 교양프로그램을 섞어보다가 미국의 CNN 방송에서 채장기 박사의 근황을 듣게 되었다. 다행스럽게도 한국계 앵커 다이애나 김은 말할 때 혀를 많이 굴리지 않아, 그녀의 말을 그런대로 알아들을 만했다.

"5년 전 한국에서 물의를 일으킨 한국의 채장기 박사팀이 남태평양의 작은 섬이자 미국 영토인 사모아섬에서 투자 편

드의 투자를 받아, 인공지능(AI) 로봇에 버금가는 뛰어난 아이를 생산하기 위한 인공 자궁센터를 설립했습니다. 하지만 젊은 과학자들을 대상으로 정자와 난자 채취 희망자를 찾는 과정에서 현지 종교단체의 거센 반발을 사는 바람에 미 정부가 이를 불허해 채 박사 팀의 계획은 또 한 차례 좌초되었습니다. 채 박사 연구팀에 막대한 자금을 투자한 실버만 삭스는 이 같은 결정에 반발하고 있으나, 막판에 투자 결정을 번복한 골드만 삭스는 안도의 숨을 쉬고 있다는 소식입니다.”

5년 전, 난자를 채취하러 강 너머 채 병원에 갔던 일이 떠올랐다.

'나의 난자는 잘 보관되고 있는 걸까?'

난소에서 채취한 성숙란 9개를 그곳에 보관한 기억이 나서 왠지 불편한 마음이 들었다. 그동안 바쁘게 살다 보니 까마득히 잊고 있었다. 인공 자궁 시설에 불 질렀을 때, 내 난자를 찾아서 다른 곳에 보관했어야 했다.

'설마 사모아에까지 내 난자들을 가져간 건 아니겠지? 아닐 거야. 근데 자꾸 찝찝한 생각이 드는 이유는 뭐지?'

나는 새벽 1시가 지나도 병원 응급실을 지키고 있을 예비 의사 수빈이에게 전화를 걸었다.

“아직 일하고 있어? 혹시 CNN 방송 봤니? 미 정부가 채장

푸른 사과의 비밀

기 원장의 인공 자궁 센터를 불허했대. 그 인간의 짓거리가 늘 마음에 걸렸는데 말이야….”

“좀 쉬고 있었어. 천만다행이네. 나도 늘 걱정했는데….”

“너도 그랬었구나. 그런데 한 가지 걱정스러운 게 있어.”

“……?”

“내 난소에서 나온 성숙란 9개를 그 작자의 병원에서 보관해왔잖아. 그걸 다른 목적으로 사용하지 않도록 하려면 어떻게 해야 할까?”

스마트폰 너머에서 수빈이 갑자기 웃는 소리가 들렸다.

“민주야, 너 의외로 순진하구나.”

“…….”

“법원에 난자 사용 금지명령을 신청하면 되잖아. 그 사유는 신청인의 갑작스러운 심경변화. 요즘에는 절차도 간단해.”

나는 수빈의 답변에 왠지 미심쩍어하며 전화를 끊었다.

“그런 방법이 있었구나. 하지만 왠지 불안해. 그들을 믿을 수 있을까?”

베개에 머리를 기댄 뒤 옆으로 누워 넷플릭스에서 새로 나온 〈드라큘라〉 영화를 보다가 잠시 눈을 감았는데, 보름달 아래에서 젊은 남녀들이 서로의 손바닥을 칼로 그으며 흐르는 피를 마시는 피의 카니발이 펼쳐졌다. 악마를 부른다는 블랙 사베스의 음악이 쿵쿵 울리는 가운데, 몇몇 인간들은 대마초와 시가를 피우고 와인을 마시며, 팬티만 입은 젊은 남녀 4명이 날카로운 송곳니로 개와 고양이의 가죽을 벗기고 빨간 핏덩어리 내장을 질근질근 씹고 있었다. 너무 생생하고 끔찍한 모습이라 벌떡 일어났다. 잠깐의 악몽이었다. 아담도 악몽을 꾸는지 잠자면서 끙끙대었다.

냉장고에서 우유팩을 꺼내 한잔 들이키고 아담을 안고 엄마 곁으로 가 누웠다. 엄마는 나의 악몽을 알기라도 한 듯 꼭 안아주었다. 아담은 내 품 안에서, 나는 엄마 품 안에서 다시 잠을 청했다.

얼마나 잤을까?

뭔가 내 뺨을 핥는 느낌이 들어 눈을 떠 보니 아담이었다. 오전 11시였다. 아침 일찍 카페 푸른 사과에 일하러 나간 엄마는 여지없이 실력을 발휘해 버터 빵을 구워서, 메모지와 함께 테이블 위에 올려놓았다.

> 민주야, 오늘이 네 월급날이지?
> 이따가 네 통장에 넣어줄게.
> 이번 달은 장사가 잘 돼서 보너스 넣었으니까
> 그걸로 예쁜 옷 사 입어.

나는 우유 한 모금을 들이키고서 빵 부스러기를 입에 털어 넣는데, 내 입을 바라보며 혓바닥을 내미는 아담의 눈빛을 보고서야 전날 밤 꿈속에서 젊은 남녀가 서로의 피에 혀를 대는 카니발 장면이 떠올랐다.

'아무래도 꿈 내용이 찝찝해. 직접 채 병원에 가봐야겠어.'

나는 망원동 선언 10주년 행사를 준비하느라 한창 바쁠 니콜라에게 호출문자를 보냈다. 휴대폰에서 그의 목소리가 들렸다.

"대낮에 웬일이야?"

"꿈에 사람과 동물의 피를 빨아먹는 인간들을 보았어요."

"그건 꿈이잖아?"

"제가 텔레파시를 흡인하는 강한 공명력(共鳴力)을 지녔다면서요?"

"그렇긴 하지만..., 아무래도 요즘 네가 흡혈 사건에 대해 너무 많이 고민한 것 같아."

"꿈이 너무 생생해요."

니콜라가 대수롭지 않은 듯 "하하!" 웃으며 전화를 끊었지만, 나의 의구심은 좀체 가시지 않았다. 밤새도록 구글 (Google)에서 인간의 흡혈 사건들을 검색해 봤다. 다음날 아침 검색 알고리즘을 타고 기이한 동영상이 유튜브 추천 동영상으로 올라왔다. 루마니아 트란실바니아 카르피티아 산맥의 음산한 골짜기에 자리잡은 고성 브란성의 지하에서 생중계된 유튜브 방송에서는 브란성의 성주였던 드라큘라를 추앙하는 세계 각국의 젊은이들이 피의 카니발을 동시에 벌이는 장면이 생생하게 연출되었다.

루마니아를 비롯해 폴란드, 헝가리, 덴마크, 프랑스, 영국, 독일, 이탈리아, 스페인, 미국, 중국과 일본, 그리고 한국의 젊은이들이 가죽을 벗긴 고양이와 강아지, 비둘기, 생쥐의 몸에서 뚝뚝 떨어지는 피를 얼굴에 바른 뒤 자신의 손바닥에 X자를 그어 피를 반쯤 채운 와인잔을 들고서 '드라큘라여! 영원하라'를 외치고 있었다. 섬뜩한 느낌이 들어 얼른 휴대폰의 화면을 닫았지만 호기심을 참을 수 없어 다시 유튜브를 열었다. 검은 연미복을 입은 한 남자가 드라큘라의 얼굴처럼

푸른 사과의 비밀

보이는 초상화를 향해 두 손을 치켜 들었다.

"위대한 드라큘라여! 오늘은 당신이 영원의 세계로 떠나면서, 당신의 부활을 예고한 대로 태양과 지구, 달이 일직선이 되면서 가장 크고 둥근 보름달이 뜨는 날입니다. 저희는 당신의 진정한 계승자가 되고자 합니다. 600년이라는 긴 세월 동안 삶과 죽음의 경계에 갇힌 당신을 감히 깨우고자 합니다. 지금 저희 인간은 탐욕으로 인해 육신이 병들고, 환경 오염 탓에 온갖 전염병에 시름시름 앓고 있습니다. 코로나 바이러스라는 저 염병할 병을 치유하기 위해선 당신의 기적이 필요합니다. 부디, 저희들의 오염된 피를 깨끗하게 정화시켜 주십시오."

'어떻게 피를 정화한다는 거지?'

나는 사뭇 궁금증이 일어 그의 말에 집중했다.

"드라큘라님, 당신은 어리석은 인간들의 탐욕 탓에 아픈 상처를 안고서 홀연히 무의 세계로 떠나셨습니다. 당신이 못 다 이룬 원대한 꿈을 실현하고자 저희가 한자리에 모였습니다. 거짓된 신을 섬기는 인간들이 선을 가장하여 우리의 육신을 갉아먹고 있는 것을 더 이상 용납할 수 없습니다. 저희에게 악을 물리칠 당신의 용기와 지혜를 주십시오."

나는 깜짝 놀라 화면을 확대하고 유튜브의 볼륨을 높였다.

영상에서는 "드라큘라 만세! 드라큘라 만세!"하고 각국의 젊은이들이 환호성을 지르는 모습이 차례대로 비쳤다. 드라큘라의 첫 대문자 'D'가 찍힌 검정 티셔츠를 입은 한국 젊은이 10여 명도 눈에 띄었다. 연미복 남자가 드라큘라의 영혼을 불러내는 초혼식(招魂式) 장면이 이어졌다. 그는 조력자들의 도움을 받아 석관을 열어 해골과 뼛조각들을 조심스럽게 펼친 뒤, "얼마 전 브란성 뒤뜰에서 발견된 드라큘라의 성스러운 유골"이라고 말했다. 화면을 좀 더 확대하여 살펴보니 연미복 남자는 영화 속의 뱀파이어처럼 보이도록 빨간 립스틱과 하얀 파우더를 발랐고, 눈을 크게 뜨고 흰자위를 번득번득 움직였다.

손도끼를 높이 들어 석관을 깬 그는 참석자 10여 명과 함께 와인잔의 피를 유골에 쏟아부은 뒤 두 손을 높이 치켜세워 초혼 주문을 걸었다. 각국의 참석자들도 온라인 줌을 통해 그의 주문을 따라서 했다.

"사바사바 사하하, 사하하 사바사바, 사바사바 사하하, 사하하 사바사바. 드라큘라님이여, 이곳의 진정한 주인이신 당신께 고합니다. 선의라는 이름으로 자행되는 위선자들의 약탈과 배신을 벌하고 그들이 뿌린 전염병의 혼돈으로부터 저희를 구해주십시오. 위선자들은 당신을 뱀파이어로 저주하

푸른 사과의 비밀

지만, 오히려 당신은 온갖 비난을 무릅쓰고 시들어가는 인간에게 무한한 생명의 영원성을 부여하려 노력했습니다. 지금, 세상은 위선자들의 탐욕으로 병들어가고 있습니다. 저희는 오늘 당신과의 영적 교감을 통해 정화된 저희의 기운을 세상에 뿌리고자 합니다."

연미복 남자는 이어 드라큘라의 영혼이 마침내 자신의 부름에 응했다며 그 증거로 흔들리다가 꺼진 촛불들을 가리켰다.

"모두 마음의 귀를 열고 들어보십시오. 드라큘라님이 저희에게 영적 명령을 내리시는 중입니다."

나는 귀를 쫑긋 세우고서 휴대폰 음량을 최대한 높였으나, 아무런 소리를 들을 수 없었다. 줌 화면은 남자의 말에 귀 기울이는 한국인들의 모습을 잠깐 비추었다. 열 명 남짓한 한국 젊은이들의 뒤로 고층빌딩과 아파트들이 즐비하게 보였다. 아마도 강 건너 쪽에 사는 젊은이들인 듯싶었다. 머리카락을 하얗게 탈색한 한 남자의 구호를 따라 이들은 드라큘라 만세를 연호했다.

연미복 남자는 줌 화면을 통해 만족스러운 표정을 지으며 손을 들어 각국 젊은이들의 환호를 진정시켰다.

"오늘 제가 드라큘라님과 나눈 영적 대화의 요지를 말씀드리겠습니다. 이제 우리는 존경하는 드라큘라님의 충실한 영적 제자가 되었습니다. 아시다시피, 우리의 스승님은 인류의 정화를 위해 분골쇄신했으나, 스스로 극락세계가 아닌 사바세계에서 일체의 즐거움도 없이 온갖 괴로움을 달게 받고 있습니다. 스승님은 사악한 인간들의 칼질과 도끼질로 더 이상 우리 앞에 나타나실 수 없지만 그분의 영롱한 영혼은 온전하게 우리와 함께하실 것입니다."

마치 연극무대에서 1인극 독백을 하듯, 연미복 남자의 혀놀림은 미끌미끌했다. 그는 카메라에 얼굴을 들이대고 말을 계속했다. 진짜 뱀파이어 후예 같은 얼굴이었다.

"스승님은 제게 이르기를 다음과 같이 당부하셨습니다. 꼭 메모해주시길 바랍니다."

모두가 필기도구를 꺼내 그의 말을 받아적을 준비를 했다.

"우리에겐 세상의 오염원을 정화해야 할 의무가 있습니다. 매달 보름달이 뜨는 날의 자정에 각 지역마다 위선자의 피를 뽑아 스승님에게 바칠 것입니다. 스승님의 입김이 위선자의 심신을 바르게 다스릴 것입니다. 제 뱃속만 채우려는 욕심꾸러기와 약자를 짓밟은 지배자, 신의 이름으로 신을 모욕하는 사이비 종교인 처럼 인간사회에 악행을 저지르는 위선자들을 가려주십시오. 다만, 스승님이 죽일 가치조차 없는 위선자의 죽음을 원치 않으시니 피를 뽑는 데 주의를 기울여 주십시오."

연미복 남자는 참석자들을 둘러보며 시범 조교 1명을 나오게 하여, 어떻게 목에서 피를 뽑는지 보여주었다. 그는 키 큰 남자의 등목에 날카로운 주삿바늘로 찔러 피를 뽑은 뒤 와인잔에 담았다. 시범조교는 자신의 목에 주삿바늘이 닿을 때 겁을 잔뜩 먹은 듯 몸을 부들부들 떨었다. 이어 연미복 남자는 두 손으로 와인잔을 공손히 머리 위로 치켜들며 주문을 외웠다.

"사바사바 사하하, 사하하 사바사바, 사바사바 사하하, 사하하 사바사바. 드라큘라님이여! 위선자의 피를 바칩니다. 세상의 위선을 정화시켜주십시오!"

그는 피가 든 와인잔에 입술을 댄 뒤, 다른 참석자들에게 잔을 넘겼다. 참석자들은 바짝 긴장한 얼굴로 돌아가면서 와인잔의 피를 삼켰다. 화면에 비친 이들의 입술은 붉은빛이 감돌아 마치 영화 속의 드라큘라 느낌을 주었다.

연미복 남자는 만족스러운 표정을 지으며, 온라인 참석자들에게 몇 가지 공지사항을 밝혔다. 각국의 대표단에게 매주 SNS로 활동 보고를 하고, 매달 보름달이 뜨는 자정에 전체 회의를 갖는 것으로 회의를 정리했다. 특히 앞으로는 모든 모임이 비공개로 비밀리에 진행될 것이라고 강조했다. 동영상 업로드 날짜를 살펴보니, 6개월 전이었다. 유튜브의 내용이 새벽에 꾼 꿈의 2막처럼 느껴졌다.

나는 드라큘라 초혼식을 담은 동영상 웹주소를 파스칼과 니콜라, 셀린, 그리고 컴퓨터를 잘 아는 지훈이의 휴대폰에 전달한 뒤, 사건의 요지를 간단하게 정리한 보고서를 첨부파일로 보냈다. 10분도 채 안 되어 파스칼의 호출로 긴급 대의원 회의가 소집되었다.

늘 그렇듯이 니콜라가 사회자로 나서 회의의 요지를 설명했다.

"오늘 민주님이 우리 뱀파어계의 안위를 위협하는 일련의 괴한 흡혈 사건들에 대한 진실규명의 중요한 단서가 될 만한 동영상을 발견했습니다. 자, 함께 보실까요?"

참석자들은 스크린에 비친 동영상을 보며 경악했다. 파스칼, 니콜라, 셀린은 마치 초혼식의 존재를 오래전부터 알고 있었다는 듯 담담했지만 프리제, 루주, 블랑, 블롱, 쇼브, 카레, 슈타인 등은 눈썹을 치켜세우며 놀란 표정을 지었다.

파스칼은 살짝 미소를 지으며 말했다.

"이제야 비로소 5년 전부터 간헐적으로 발생한 흡혈 사건의 진실이 규명되는군요. 민주님이 나를 처음 만났을 때 자신은 할 수 있는 게 아무것도 없다며 자신을 일컬어 '아무것도 아니다'라고 말했지만, 민주님이야말로 놀라운 능력을 가진 듯 싶습니다.❖ 꿈속에서 제가 보낸 공명력 자기장을 제대로 감지해 우리 뱀파이어들도 조합하지 못한 꿈과 현실의 조각들을 맞추었습니다."

'이건 뭐지? 내 꿈속의 흡혈 장면과 유튜브의 드라큘라 초혼식이 모두 파스칼이 보낸 공명력의 영향을 받은 거라니….'

파스칼은 어리둥절한 나를 힐끗 본 뒤 말을 이었다.

"사실, 브란성의 드라큘라는 오래전에 흙먼지가 되었습니다. 제가 인간계의 나이로 31살이던 1781년 신으로부터 소임을 받아 토마스 신부, 주느비에드 수녀와 함께 노르망디에서 출발해 이곳 서울에 도착할 때, 잠시 루마니아 브란성에 들른 적이 있습니다. 신께서는 제게 현몽하시어, 드라큘라의 무덤에서 그의 가슴에 박힌 은장도를 꺼내 지옥의 굴레에서 그를 구원해주라고 일러주셨습니다. 그의 사후 300여만

❖ 나는 아무것도 아니다(I am nobody). "무명한 자 같으나 유명한 자요, 죽은 자 같으나 보라 우리가 살고, 징계를 받는자 같으나 죽임을 당하지 아니하고 근심하는 자 같으나 항상 기뻐하고 가난한 자 같으나 많은 사람을 부유하게 하고 아무것도 없는 자 같으나 모든 것을 가진자로다." 고린도후서 6:9~10 인용.

의 구원인 셈이죠. 무덤을 파보니, 그의 육신은 이미 흙먼지가 되었고 은장도만 덩그러니 놓여있더군요. 지금, 제 허리에 찬 은장도가 그의 것입니다."

파스칼의 발언에 모두가 기겁했다. 국가정보원 출신의 정보통 슈타인이 파스칼의 말이 끝나기도 전에 끼어들었다.

"드라큘라가 구원을 받았다면, 아직까지 그의 혼령이 살아있다는 뜻인가요? 그래서 지금 브란성에서 그의 혼령을 부르는 초혼식이 열리고요?"

파스칼은 그의 말에 고개를 저었다.

"제가 그의 무덤에서 은장도를 꺼냄으로써 구원을 받은 그의 혼령은 신의 품 안에 안겼습니다. 더 이상 인간계에 어떠한 흔적이나 미련을 남기지 않은 채 영원의 세계로 떠난거죠. 브랜 스토커가 드라큘라의 사후 400여년만인 1897년 소설에서 그를 부활시켰지만, 이는 어디까지나 소설적 상상일 뿐입니다. 안타까운 것은 후대의 탐욕스러운 인간들이 혼돈기의 틈을 타서 그의 이름을 악용한다는 사실입니다."

니콜라는 파스칼의 말을 이어, 한마디 덧붙였다.

"추론해보건대, 최근에 강 너머에서 발생한 괴한에 의한 흡혈 사건은 브란성 드라큘라 집단을 흠모하는 일부 젊은이들의 소행인 듯싶습니다."

나도 그의 말에 동의하며, 한마디 보탰다.

"제 생각도 그렇습니다. 여기에 인공 자궁에서 태어난 바람에 선천적인 포르피린증을 앓는 아이들 몇 명이 가담했고요."

파스칼은 고개를 끄덕이며 자신이 보고 겪은 일화들을 소개했다.

"지난 수백 년 동안, 드라큘라는 죽어서도 본인의 의지와는 상관없이 후세대 사람들에게 이용되어왔습니다. 혹세무민하는 무리들은 그를 이용해 공포를 조장하여 돈벌이를 했고, 상상력이 빈곤한 작가들과 예술가들은 그를 오브제 삼았으며, 지금의 루마니아 자본가들과 정권은 그와 그의 브란성을 돈벌이용 관광상품으로 전락시켰습니다. 하지만 진실은 분명히 하나입니다. 그는 흙먼지가 되었고, 더 이상 부활하지 못합니다. 이 세상에 우리야말로 유일한 뱀파이어 공동체입니다."

호기심이 남다른 프리제가 드라큘라를 추앙하는 화면 속의 젊은이들을 가리키며 물었다.

"그러면 저 어리석은 이들을 어떻게 해야할까요?"

파스칼은 잠시 심호흡을 한 뒤 말을 꺼냈다.

"경험적으로 볼 때, 그냥 내버려둬도 저들은 곧 자취를 감출 것이지만, 아직 판단력이 미흡한 젊은이들이 부화뇌동하지 않을까 걱정됩니다. 기회가 되면 브란성에 가서 저들의 탐욕을 저지하도록 하겠습니다. 아무래도 뱀파이어의 진면목을 보여주어야겠습니다. 다만, 저들을 추앙하는 이 땅의 젊은이들이 잘못된 길로 가지 않을까 적정됩니다."

회의장 모서리에서 턱을 괸 채 듣고 있던 지훈이 손을 들고서 말했다.

"제가 저들의 컴퓨터를 해킹해 통신망을 파괴하겠습니다. 한국의 젊은이들이 더 이상 저들과 통신할 수 없도록 만들겠습니다."

니콜라는 지훈이의 말이 끝나기도 전에 박수를 치며 한마디했다.

"좋은 생각입니다. 기왕이면, 세계의 모든 젊은이들이 저들의 야만적인 이벤트에 접속할 수 없도록 모든 통신연결망을 해체해주시면 감사하겠습니다."

그러나 인간계에서 병리학자로 일한 프리제는 고개를 갸웃거리며 조심스럽게 말을 꺼냈다.

"저렇게 피를 나눠마시다가 전염병에 오염된 피를 마시면 모두가 큰 병에 걸릴 텐데…. 좀 더 강력한 조치가 필요할 듯 싶어요."

"예를 들면?"

니콜라는 프리제를 반문하듯 물었다. 하지만 프리제는 마땅한 답을 내놓지 못했다. 나 또한 브란성까지 가서 연미복 무리를 만나서 그런 이상한 짓거리를 그만두라고 만류할 엄두가 나지 않았다.

잠자코 듣고 있던 파스칼이 입을 열었다.

"지훈이 통신 연결망을 차단시키면, 저들의 지속적인 만남은 더 이상 불가능합니다. 오프라인이 아닌 온라인 모임은 접속망이 끊어지면 그걸로 끝나기 마련이죠. 인간이 편하고자 인터넷이라는 커뮤니케이션 도구를 만들었지만 접속 차단이 차단되면 그걸로 모든 만남이 끊어지기 마련입니다. 너무 걱정하지 않아도 될 듯합니다. 지훈님의 해킹 능력을 믿도록 합시다."

지훈이의 모습이 대견스러워 그를 보고 살짝 윙크를 보냈다. 안건은 제법 심각한 내용이었지만, 컴퓨터 전문가 지훈이의 적극적인 참여로 회의는 1시간도 못 되어 끝났다.

나는 지훈에게 다가가 그의 어깨를 토닥인 뒤 자리를 정리하려는 니콜라에게 말했다.

"오후 1시쯤에 채 병원에 가려는데 혼자 가려니까 기분이 묘하네요. 같이 가줄래요?"

"네 난자가 걱정되는구나. 그럼, 당연히 같이 가야지."

"어떻게 아셨어요?"

"척하면 3천 리지."

"그런데 제 난자가 걱정이 아니라, 채 원장이 제 난자를 갖고서 뭘 할까 봐 고민되는 거예요."

"녀석이 네 난자로 프랑켄슈타인을 만들까 봐?"

"네, 그런 셈이죠."

집으로 돌아와 씻고 나갈 채비를 하던 중 창문 너머에서 레몬 향이 날아왔다. 니콜라의 빨간 딱정벌레차가 클랙슨을 울렸다. 니콜라는 나를 태우고 순식간에 강 너머를 향해 질주했다.

"아마 병원 측에서 온갖 이유를 들어 난자 반환을 거절할지도 몰라요. 그럴 땐 어떡해요?"

"난자가 어디에 있는지 위치만 알려줘. 습격은 내가 할게."

채 병원에 도착한 니콜라는 지하 2층 주차장에 차를 주차한 뒤, 나와 함께 안내데스크로 향했다. 주변을 살펴보니, 5

년 전 파스칼과 내가 불 질렀던 인공 자궁센터의 자리에는 럭셔리한 산후조리실이 우뚝 들어섰다.

직원은 니콜라와 나를 번갈아 보더니 눈웃음을 지어 보였다.

"뭘 도와드릴까요?"

"제 난자가 잘 보관되어 있나 궁금해서 왔어요."

직원은 내게 눈을 찡긋하며 작은 목소리로 물었다.

"이분이 정자를 제공하실 분인가 봐요?"

"아, 네!"

니콜라는 직원의 말에 얼떨결에 답했다.

주민등록증을 제출할까 하다가 직원이 채취 시에 부여한 코드 번호를 요구해 휴대폰에 메모된 번호를 찾았다. 채 병원의 난·불임센터에서는 흔히 사생활 보호를 이유로 난자 또는 정자 채취자들에게 신분증을 요구하지 않는 게 관례이다시피 해서 내가 19살의 나이에 27살이라고 속였어도 별다른 문제 없이 넘어갔던 일이 기억났다.

직원은 홈페이지의 난자 은행에 로그인해서 내 회원 번호를 눌렀다.

MJ2030. 2030년에는 아이 엄마가 되겠다는 나의 의지가 남긴 숫자였다.

"찾았습니다. 회원님께서는 성숙란 9개를 저희 난자 은행에 보관하셨습니다."

"상태가 어떤지 좀 볼 수 있을까요?"

직원은 난·불임센터의 간호사실에 전화해본 뒤 진료실로 안내했다. 5년 전, 난자 채취를 할 때 나를 진료한 의사 양상우가 능글맞게 우리를 맞이했다. 채 원장은 최근 한국과 미국 정부의 인공 자궁센터 불허방침에 신경 쓸 게 많아서인지 보이지 않았다. 그는 야비한 웃음을 지으며, 묻지도 않은 말을 내뱉었다.

"민주님, 오랜만이에요. 아이 아빠가 되실 분은 이분이신가요? 이 남자분의 정자를 받으면 자연분만을 원하시겠군요. 예정대로라면, 인공 자궁센터에서 편안하게 아이를 배양할 수 있을 텐데요. 자연출산하면 몸매가 많이 망가질 거고요. 조금 더 기다려서 인공 자궁 임신이 합법화하면 그때 애를 가지시는 건 어때요? 못된 놈들이 저희 병원에 불을 질렀어요. 이놈들을 잡아 족쳐야 하는데…. 생명 공학이라곤 전혀 모르는 무지한 우리 정부와 미국 정부가 인공 자궁 방식의 출산을 받아들이지 못하고 있어요."

아무래도 병원 일로 스트레스를 많이 받는 듯싶었다. 그러니까 처음부터 이런 얼토당토않은 인공 자궁 연구 같은 것은 하지 말았어야 한다고 나는 생각했다.

"선생님, 제 난자가 잘 보관되고 있는지 좀 볼 수 있을까요?"

"아, 그럴까요."

그는 간호사를 불러 니콜라와 나를 난자 보관실로 안내토록 했다. 우리 앞에 나선 간호사는 엘리베이터를 타고 지하 3층으로 내려가 '관계자 외 출입금지'라고 문구가 붙은 문을 열었다. 입구부터 냉기가 느껴졌다. 최첨단 전자기기와 연결된 거대한 냉동고가 사방의 벽에 설치되어 있었고, 간호사는 전자기기에 내 회원 번호의 알파벳과 숫자를 입력해 내 난자의 보관함을 찾아냈다.

"회원님, 난자의 건강 상태를 정확히 알려면 해동을 해야 합니다. 지금 정자와 수정하실 일이 없으면 나중에 확인하실 것을 권해드립니다."

나는 고개를 끄덕였다. 하지만 난자 보관실과 정자 보관실이 별도의 칸막이로 구분되어 1, 2, 3, 4 등 일련의 숫자가 붙어 있는 게 이상했다. 나의 난자는 칸막이 2에 담겨있었다.

"간호사님, 저 숫자는 뭐죠?"

"네, 난자와 정자의 등급을 의미합니다."

"어떤 등급이요?"

"난자와 정자 채취자들의 아이큐, 개성, 특기, 취미, 예술성, 재력, 사회성 등을 점수화해서 등급을 매긴 거죠."

"왜요?"

"어차피 다른 사람의 난자와 정자를 빌려 아이를 갖는다면 좀 더 똑똑하고 능력 있는 유전자를 원하지 않을까요? 그런 수요가 있으니까요."

내 난자가 2등급으로 분류된 걸 어떻게 받아들여야 할지 몰라 난감해하고 있는데, 간호사가 한마디 했다.

"2등급 난자는 훌륭한 편이에요. 10등급까지 있는걸요."

나는 잠시 할 말을 잃었다. 파스칼과 내가 5년 전에 불 지른 인공 자궁 시설도 큰 문제였지만, 이렇게 우생학적으로 유전자를 선별하여 아이를 골라서 갖는 것도 용납해선 안 된다는 생각이 들었다. 가슴이 답답하고 머리가 어질어질했다. 금세 뭔가 토할 것만 같아서 화장실로 달려가 구토를 했다. 그 사이에, 니콜라는 지하 3층의 구조와 보안 시설을 꼼꼼히 살폈다.

간호사에게 인공수정 결심이 서면 남자 친구와 다시 오겠다고 말하고 니콜라의 팔짱을 낀 채 밖으로 나왔다. 니콜라는 딱정벌레차를 병원 앞 골목에 세워놓고 내게 윙크를 지으며 차 안에서 5분만 기다리라고 말했다. 차 트렁크에서 페트

병을 꺼내 들었다.

"혼자서 어떻게 하려고요?"

"내게 생각이 있어."

니콜라는 5분 후에 숨 가쁜 표정으로 되돌아왔다. 채 병원의 난·불임센터에서 검은 연기가 치솟았다.

"어떻게 한 거예요?"

"올라가서 불을 질렀지. 내가 CCTV에 잡히지 않으니까 누군 줄 모를 거야."

"열쇠는 어떻게 하고요?"

"아까 간호사가 비번을 누를 때 잘 봐뒀지."

"휘발유는요?"

"페트병에 미리 휘발유를 담아왔어."

"처음부터 불 지를 작정을 한 거예요?"

"그건 아니었는데, 네 난자가 2등급이라는 점에 화가 났어. 생명에 등급을 붙이는 것도 용납 안 되지만, 네 난자가 1등급이 아니라는 점에 모두 파괴해야겠다는 생각이 들었어."

"하지만 기분이 찝찝한걸요."

나는 니콜라의 차를 타고 강을 다시 건너면서 내 몸 안에서 떨어져 나온 나의 난자들이 모두 불에 타 죽었다는 사실이 너무 속상해 무표정한 얼굴로 강물을 바라보았다. 니콜라는 내 기분을 짐작하는지 위로의 말을 건넸다.

"미안해. 네 난자만이라도 들고 나왔어야 했는데 그럴 여유가 없었어. 잘은 모르겠지만, 그냥 네 난자를 머리카락이나 손톱 같은 세포라고 여기면 안 될까?"

"상당히 위험한 말인데요. 나를 위로해서 하는 말이겠지만, 니콜라가 인간계의 남자라면 엄청난 비난을 받을 만한 발언이에요."

"헉, 사과할게."

나는 애써 웃으며 니콜라를 칭찬했다.

"채 병원에서 농작물 품종 개량하듯 난자와 정자를 선별해 우량아를 만든다는 계획은 아무래도 끔찍한 생각이에요. 그런 시설을 파괴한 것은 잘한 일이에요. 제 난자가 자칫 프랑켄슈타인이 될 뻔했잖아요!"

니콜라는 다시 한번 나를 위로하는 의미에서 왼손으로 운전대를 잡고 오른손으로 내 손을 잡아 거듭 위로했다. 그의 왼쪽 손가락에 검푸른 피가 살짝 비쳤다. 하지만 그는 대수롭잖게 입으로 피를 빨았다.

"니콜라, 괜찮아요?"

"아무렇지도 않아. 철문을 뜯어내다가 긁혔어."

니콜라는 대수롭잖게 대꾸하며 말을 이었다.

"넌 나중에 진짜 예쁜 아이를 가질 거야."

시계를 살펴보더니, 망원동 10주년 행사가 시작되기 전까지 시간이 넉넉했다.

"니콜라, 잠깐 저희 집으로 갈 수 있어요?"

차가 집 앞에 서자 나는 서둘러 세수하고 화장을 한 뒤 5년 전에 엄마가 1등 축하선물로 사준 분홍색 블라우스를 다시 꺼내 입었다. 유행이 한참 지났지만, 특별히 애정이 가는 옷이었다.

니콜라의 딱정벌레차에 오르려는데 그가 나의 화려한 변신에 놀라워하며 동의를 구하듯 말했다.

"아담도 데리고 갈까?"

"왜요? 잡아먹으려고요?"

"뭔, 그런 잔인한 말을. 아담의 도움이 필요할 듯싶어."

"똥강아지의 도움이 뭐가 필요하다고?"

니콜라는 내 말을 들은 척 만 척하며 다시 한번 미소로 청했다. 나는 달려가서 아담에게 목줄을 채운 뒤에 녀석을 안고 나왔다. 아담은 낯선 사람들에게 늘 까칠했는데, 이상하게도 니콜라에게는 오랜 친구를 대하듯이 꼬리를 흔들며 반가움을 표시했다. 아담은 기분 좋으면 들려주는 그르렁거리는 소리를 내면서 니콜라의 무릎에 앉았다. 녀석의 호의적인 태도는 처음 보는 일이었다. 약간의 배신감마저 들었다.

니콜라는 아담을 들어 콧잔등에 자신의 코를 비빈 뒤에 내게 넘겨주며 운전대를 잡았다.

"아담이 너무 좋아하는군."

"아마 예의상 좋아하는 척 하는 걸지도 몰라요."

나는 아담의 등을 쓰다듬다가 괜히 질투심이 느껴져 녀석의 꼬리를 잡아당겼다. 녀석이 니콜라를 향해 또 그르렁거렸다.

"5년 전의 일, 기억나니? 그때 폐가에 유기된 개와 고양이들을 뱀파이어들이 모두 입양했잖아. 그때 아담이 텔레파시로 너무 강력하게 내게 입양을 애원했지. 지금 한강 둔치에 가면 그때 민주가 골목길에서 만난 강아지들과 고양이들을 모두 만날 거야. 그래서 아담이 무척 기뻐하는 거고…."

"니콜라, 아담과 대화가 가능해요? 정말, 놀라운 일이네요."

"뭘 놀래? 뱀파이어들은 너와도 대화가 가능한걸."

"아! 그런 셈이네요."

하마터면 "나는 인간이고, 아담은 강아지잖아요"라고 말할 뻔했다. 니콜라는 내 마음을 읽었다는 듯, 나와 아담을 번갈아 보면서 살짝 미소를 지으며 말했다.

푸른 사과의 비밀

"둘이 잘 어울리는군. 마치 남매 같네. 인간만이 우리 뱀파이어들과 소통할 수 있다고 여기는 것은 어쩌면 종 차별주의적 관점일 수 있어. 뱀파이어계에서는 인간이나 고양이나, 강아지, 심지어 비둘기와 생쥐까지도 모두 소중한 생명체인 거지. 어쩌면 우리가 인간과 소통하는 게 가장 어려운 일이기도 해. 인간들은 자신들이 최고라고 여기는 독선과 편견 덩어리이거든."

나는 인간계의 대표 자격이 아니지만, 얼굴을 찡그리며 니콜라의 말에 조금 불편한 기색을 보였다. 아담은 그르렁거리며 앞 발 하나를 내 손등에 올려놓았다. 니콜라의 말에 너무 신경 쓰지 말라는 것 같았다. 그렇지만 나는 기어코 니콜라에게 한마디 했다.

"인간이라고 해서 다 똑같은 인간이 아니거든요."

니콜라는 뒤를 돌아 나를 보더니 씩 웃었다.

"물론 민주는 예외지!"

니콜라가 조금 전에 불 지른 병원 방화사건이 뉴스에 나왔을까 궁금해 휴대폰을 들여다보았다. 여성 앵커가 카랑카랑한 목소리로 속보를 전하고 있었다. 채 병원의 인공 자궁 설립 당시, 채 원장을 인터뷰했던 신나라 앵커였다. 니콜라는 잠시 차를 세우고, 내 휴대폰 소리에 귀를 기울였다.

"방금 들어온 속보입니다. 얼마 전, 인공 자궁 공장 화재로 막대한 손실을 입었던 채 병원에서 원인을 알 수 없는 화재가 또 일어났습니다. 다행스럽게도 인명 피해는 없었지만, 병원 측이 인공 자궁 실험용으로 특별 관리해 온 정자 및 난자 보관소가 집중 타깃이 되어 모두 불에 탔습니다. 경찰은 방화범에 대한 탐문 수사를 벌이고 있으나, 지난번 화재처럼 목격자가 전혀 없어 사건 해결의 실마리를 찾지 못하고 있습니다. 한편, 인권 및 종교단체에서는 채 병원의 인공 자궁 공장뿐 아니라 정자 및 난자은행이 일반적인 불임·난임 부부들이 아닌 소수 엘리트들을 대상으로 한 우생학적 실험 장소였다고 비난하며, 보건당국에 이에 대한 엄중한 조사를 촉구하고 나섰습니다. 채 병원 측은 오늘 공식입장을 밝힐 예정인데, 어떤 내용이 담길지 귀추가 집중되고 있습니다."

니콜라는 다시 자동차 시동을 걸면서 고개를 갸웃했다.
"어떤 내용일까?"
"그 인간, 쉽게 포기하지 않을 것 같아요."
두 팔로 안고 있던 아담의 부드러운 털이 내 목과 가슴에 부드럽게 닿자 푹신한 이불처럼 느껴져 그만 졸음이 밀려왔다. 자꾸 감기는 눈을 떠보려는데, 채장기 원장과 그의 조수

격인 양상우가 야비한 표정을 지으며 뭔가 쑥덕거리는 모습이 보였다. 체세포, 범인의 피, 영원불멸의 생명력 같은 조각난 단어들이 그들의 입에서 흘러나와, 몰래 가까이 다가가 자세히 들어보려는데 누군가 눈을 핥았다. 깜짝 놀라서 살펴보니 아담의 혀였다. 아담의 코에 내 코를 맞대고서 "이 중요한 순간에 왜 방해하니!"라고 따져 물었다. 아담은 어이없는 듯 그르릉거리며 컹컹댔다.

천사 되기를 거부한 파스칼

　니콜라의 딱정벌레차가 망원동 한강공원에 도착하자, 진 풍경이 펼쳐졌다. 푸른 사과 모양의 커다란 가스 풍선들이 하늘에 떠 있는 가운데, 강아지와 고양이 수십 마리가 잔디밭에 뛰어 놀고 있었다. 목줄을 잡은 뱀파이어들도 강아지들의 달음박질에 맞춰 뛰어다니느라 부산했지만, 모두 즐거워 보였다. 쇼브 아저씨는 어울리지 않게 작고 예쁜 말티즈와 동행했고, 뤼넷트는 고약하게 생겼지만 성격이 좋은 듯한 불도그를, 카레는 점잖은 진돗개를, 셀린은 늘씬한 달마시안의 꽁무니를 쫓아다녔다. 푸들, 시츄, 비글, 비숑, 빠삐용 정도는 알겠는데, 다른 개들은 이름조차 알기 힘들었다. 니콜라는 내 귀에 대고, 개들의 종을 알려주었다. 고든 세터, 골든 리트리버, 시프 도그, 바셋 하운드, 그레이트 피레네, 노퍽 테리어, 도베르만 핀셔 등…. 가까이 들여다보니 생김새가 각양각색이었다.

독립성이 강한 고양이들은 목줄 없이 자유롭게 뛰어다니며 서로 뒹굴며 놀고 있었다.

'이 많은 강아지와 고양이들은 어디에서 왔을까?'

나는 니콜라에게 궁금한 표정을 지었다.

"네가 사는 동네뿐 아니라, 강 너머에서도 버려지는 유기견과 길고양이들을 데려왔어. 파스칼이 착한 마음을 가진 네가 유기견과 길고양이로 인해 고통스러워 한다는 얘기를 듣고, 뱀파이어들이 각자 한 마리 이상 입양하기로 긴급 결정을 내렸어. 그리고 인간들이 운영하는 유기견 보호소와 캣맘 단체들과 협력하기로 했어."

"아, 그렇군요. 강아지들이 모두 개성파처럼 보이네요."

"대부분이 순종이 아닌 믹스견이라서 족보를 따지는 인간들에게 버림받은 애들이야. 또 상당수가 파스칼과 네가 함께 불 지른 인공 자궁 시설에서 태어난 아이들이기 때문에 여러 가지 후유증을 앓고 있어. 인간들이 마음대로 생명체를 만들고, 또 제멋대로 버렸던 거지. 사랑과 보살핌을 모르는 인간들이야."

늘 그렇듯이, 니콜라는 이번에도 자신의 지적 경험을 내게 건네주려 기억을 더듬었다.

"민주가 너무 어렸을 때라 잘 모를 거야. 특이한 동물의 생산을 새로운 부의 수단으로 이해하는 미국의 반려동물시장을 겨냥해 서울대의 황우석 교수를 비롯해 9명의 한국 연구자들과 미국 피츠버그 대학의 줄기세포 연구자가 유전자 조작을 통해 개의 복제를 수행했었어. 이들은 2005년 독제양 돌리(Dolly)의 복제 기술을 이용해 복제견 아프간하운드 강아지 스너피의 탄생을 발표했어. 황우석은 이전에도 젓소 복제의 성공을 발표해 이 분야의 세계적 리더로 널리 인정받았지만, 실험 데이터 조작으로 졸지에 그 명성이 땅에 떨어졌지. 하지만 돌리는 각종 질환에 시달리다가 죽었고 스너피 역시 실험용 개로서 행복한 삶을 살지 못했어. 문제는 그 후 반려동물에 대한 복제가 과학적 성과라는 이름 아래 마구 이뤄지고 있다는 사실이야. 그러다가 반려동물이 예기치 못한 질환에 걸치면 마구 버리고 말야."

나는 니콜라의 다소 긴 설명에 지루한 표정을 짓다가 강아지와 고양이들이 천진난만하게 뛰어노는 모습을 보았다.

모두가 귀엽고 멋진 매력을 뿜어냈다. 왠지 아담이 가장 촌스러워 보였다. 그렇지만 내게는 아담이 가장 정감이 갔다. 아담은 내 품 안에서 뛰어내려, 파스칼의 뒤를 따라 낮은 포복으로 느릿느릿 걸어오는 닥스훈트에게로 달려가더니 컹컹 짖었다. 2년 전, 빌라촌에서 나와 아담이 만났던 유기견

이었다. 아담과 닥스훈트는 서로 코를 맞대어 냄새를 맡더니 뒹굴면서 뛰어 놀았다. 파스칼은 한강공원에서 강아지들과 고양이들이 아무런 구속과 억압 없이 뛰노는 모습을 흐뭇하게 바라봤다. 잠시 후, 의전 담당 셀린이 핸드마이크를 통해 참석자들 모두에게 계단식 의자가 놓인 광장으로 이동해 달라고 요청해서 뱀파이어와 고양이, 강아지들이 한자리에 모였다. 코딩전문가 지훈이 지휘하는 동물보호 전문 AI 로봇들이 몸이 불편하고, 청력이나 시력이 약한 동물들을 부축해 앞자리로 정렬했다.

특히 지훈이 개발한 동물 언어 통역기는 모든 스마트폰 앱에 장착되어 인간과 동물 간의 커뮤니케이션을 수월하게 했는데, 셀린의 핸드마이크에서는 강아지의 '컹컹' 소리와 고양이의 '야옹' 소리, 가끔씩 비둘기의 '구구' 소리와 생쥐의 '칙칙' 소리가 리듬감 있게 들렸다.

잠시 뒤, 셀린이 마이크를 잡았다. 뱀파이어와 고양이, 강아지, 비둘기, 생쥐, 심지어 한강 속의 물고기까지 고개를 들어 셀린을 바라보았다. 인간들은 눈에 띄지 않았다.

"오늘 이 자리에 모인 여러분, 반갑습니다. 우리가 신의 계시에 따라, 그동안 인간과의 평화적 공존에만 몰두하느라 인간계 밖의 생명체인 여러분에게 신경을 제대로 쓰지 못했습니다. 다행스럽게도 인간계의 많은 젊은이가 우리의 도움으로 상처와 아픔을 극복하여 우리의 애정 어린 친구로서 인간계와 뱀파이어계를 잇는 징검다리 역할을 하고 있습니다. 하지만 인간계와 뱀파이어계가 아닌 여러분의 경우, 그 어느 때보다 위태로운 환경에 처해있다는 사실을 우리는 잘 알고 있습니다. 극심한 도시화와 인구과밀로 단독주택과 빌라들이 파괴되고, 그 자리에 초고층 아파트와 빌딩이 세워지면서 여러분, 특히 고양이와 비둘기 여러분의 삶의 터전이 송두리째 무너지고 있습니다. 반려견들 역시 반려인들의 급작스러운 이주로 인해 거리에 버려지고 있습니다. 언제까지 이렇게 살아야 할까요? 이제, 인간계에서 오랫동안 여러분의 권리, 그러니까 동물권 수호를 위해 노력해오신 서국화 변호사님을 모시고 우리가 미처 몰랐던 우리들의 권리에 대해 듣도록 하겠습니다."

갑자기 모두가 진지한 표정을 지으며 서 변호사에게 주목했다. 그는 변호사 특유의 딱딱한 인상과는 달리 부드러운 미소로 입을 열었다.

"여러분의 행사에 초대해주시어 영광입니다. 조금 전 셸린 님이 저를 동물권 전문가로 소개해주셨는데, 교양과 상식이 넘치는 여러분을 만나 보니 여러분이야말로 진정한 시민이라는 생각이 듭니다. 인간계 밖에서도 인간 이상의 보편적 이상과 가치관을 지닌 생명체가 있다면, 그건 여러분일 것입니다. 저는 여러분의 시민권 쟁취를 위해 싸울 것입니다. 행여 여러분이 학대를 받거나 억울한 일을 당하면 언제든지 저를 불러주십시오. 여러분을 사랑합니다."

서 변호사는 윙크와 함께 오른손의 엄지와 검지를 들어 하트를 날렸다. 그제야 동물들은 환호성을 질렀다. 특히 인공 동물 공장에서 태어났다가 버려진 유기견과 길냥이들은 서 변호사의 시민권 발언에 눈시울을 붉혔다. 셸린은 앞으로 "서 변호사가 상시적인 고문 변호사로 여러분을 '고문'해줄 것"이라며 그답지 않은 우스갯소리를 했다.

셸린은 참석자들의 분위기가 좀 가라앉자 말을 이었다.

"이제, 파스칼 동지를 불러, 신이 주신 우리의 인류애적인 사명감과 존재감을 더욱더 확대하여, 여러분과 더불어 사는 지구촌을 어떻게 만들어나갈지 그 계획을 듣도록 하겠습니다. 모두 박수와 환호로 환영 부탁드립니다."

뱀파이어들의 열렬한 박수 속에 강아지와 고양이, 비둘기의 '그르렁' 환호 소리가 섞여 들렸다. 강 위에선 큰 금붕어들이 펄쩍 뛰어올라 금빛 물보라가 일었다. 파스칼의 권위가 순식간에 온 사방으로 퍼졌다.

이어 파스칼은 헛기침을 몇 차례 한 뒤, 매력적인 중저음의 목소리로 분위기를 바꾸었다.

"반갑습니다. 제 인사말은 나중에 하기로 하고, 먼저 지구 반대편에서 오신 귀한 손님을 소개해 드릴까 합니다. 신의 피조물이라면 모두가 평등하고 모두가 존엄의 권리를 지녀야 한다는 성 프란치스코의 가르침에 따라, 저 멀리 프란치스코 수도회의 노르망디 교회에서 오신 다미앵 신부께서 여러분에게 축복을 내려주실 것입니다. 덩치가 작은 요크셔테리어부터 세례를 시작할까요?"

파스칼의 말이 끝나자, 개와 고양이는 그르렁거리며 환호했고, 내 품 안에 있던 아담은 깜짝 놀랄 사이에 달려가 가장 먼저 앞줄에 섰다. 만사에 심드렁하고 게으른 녀석이 이렇게 빠른 동작을 보인 것은 처음 있는 일이었다.

다미앵 신부는 아담부터 시작해, 모든 종류의 개와 고양이들에게 정성껏 성수를 뿌리고 성호를 그으며 축복을 기원했다. 이어 비둘기와 참새, 생쥐, 심지어 강 속의 물고기까지 고개를 내밀고 세례를 원하는 바람에 다미앵 신부는 한꺼번에 단체로 축복을 기원했다. 마침, 하늘에서는 갑자기 소나기가 내려 성수를 대신했고 세례식이 끝나자 감쪽같이 그쳤다.

옆자리에 있던 셀린은 내게 귓속말을 건넸다. 다미앵 신부가 선교활동 중에 순교한 토마스 신부와 주느비에브 수녀의 유해를 찾아서 노르망디 교회로 이장할 것이라는 얘기였다.

"무덤을 찾았어요?"

"정확히는 모르고, 대략 짐작만 할 뿐이야. 너무 오래전의 일이라서 토마스 신부와 주느비에브 수녀가 묻힌 절두산 부근의 지형이 너무 많이 바뀌었어. 두 분이 매장되었는지, 화장되었는지도 잘 모르고….."

"기록도 없을 텐데, 참 난감하겠군요."

셀린 곁에 있던 니콜라가 심각한 표정을 지으며 입을 뗐다.

"다미앵 신부가 신의 계시를 받아 신의 이름으로 파스칼을 위해 구원 기도할 거야."

"그러면 좋은 일 아닌가요? 왜 표정이 그러세요?"

니콜라는 어리둥절해 하는 내게 목소리를 낮춰 말했다.

"다미앵 신부의 구원 기도가 끝나면 파스칼은 다시 인간으로 돌아갈 거야. 인간처럼 체온이 따뜻해지고, 멋진 상대를 만나 연애도 하고, 결혼도 하고, 귀여운 아이도 가질 수 있고, 그리고 시간의 흐름에 따라 주름살도 늘고, 나중에 죽어서 천당에도 가고….."

"하지만 나중에 죽게 되는 거잖아요?"

"죽는 게 뭐가 대수로운 일이야? 세상에 영원한 건 없어. 뱀파이어도 때가 되면 사라질 거야."

"오히려 나는 뱀파이어가 되고 싶은데…. 파스칼의 생각은 어때요?"

"글쎄…. 파스칼의 속내를 잘 모르겠어. 어쩌면 인간으로 돌아갈 것 같고…. 주느비에브 수녀를 줄곧 잊지 못하는데, 인간으로 살다가 죽게 되면 저세상에서 그녀를 다시 만나지 않을까?"

나는 인간이 된 31살 청년 파스칼을 잠시 상상했다. 청바지를 입고, 나이키 운동화를 신고서 나를 오토바이에 태워 달리는 그의 모습이 파노라마처럼 펼쳐졌다.

"저기, 다미앵 신부님이 오신다."

셀린은 옷매무새를 단정히 한 채 그를 안내했다.

2시간에 걸쳐 세례식을 마친 다미앵 신부는 파스칼과 포옹을 한 뒤 연단에 섰다.

"오래전에 성 프란치스코가 꿈꿨던 모든 피조물의 평화적 공존 현장에 초대해 주신 주최 측에 진심으로 감사드립니다. 저는 200여 년 전, 성 프란체스코의 모노 유니버셜리즘적인 사랑을 실천하고 알리기 위해 이곳에 왔다가, 졸지에 순교하신 토마스 신부와 주느비에브 수녀의 유해를 모시러 왔지만, 도무지 어디가 어딘지 알 수가 없어 그분들이 밟고 누우신 흙과 돌멩이를 가져가려 합니다. 10여 일 동안, 그분들의 유해를 찾아 샅샅이 뒤졌지만 작은 단서라도 될 만한 유품을 찾지 못했습니다. 오늘 이 자리의 행사에서 마침내 그분들의 '유해'를 찾았습니다. 이기심을 딛고 공동체적인 연대감과 공평 의식을 향해 노력하는 여러분의 모습에서 토마스 신부와 주느비에브 수녀의 현생을 확인했습니다."

그는 잠시 파스칼 쪽을 바라보다가 하늘을 향해 성호를 긋고 기도했다

"신이시여, 저는 당신의 계시에 따라 파스칼 수호천사를 인간으로 다시 돌려보내는 구원 기도를 올리려 했으나, 파스칼 천사가 아직 인간계에 자신의 할 일이 많다며 한사코 사양하는 바람에 황망한 마음에 당신의 답을 기다립니다. 당신의 구원을 받아 뱀파이어에서 인간이 된 파스칼 천사는 토마스 신부를 도와 이 땅에 왔으나 잔혹한 박해로 토마스 신부 일행이 순교하자 다시 뱀파이어로 돌아가 오랜 세월 어둠의 세계에서 당신의 사랑을 널리 일깨워왔습니다. 여기 인간과 동물, 뱀파이어들이 평화롭게 어울리는 것도 파스칼 천사의 지도력 덕분입니다. 부디, 신께서 늘 사랑하시는 인간들과 동고동락하려는 그의 안위를 늘 보살펴주시길 간곡하게

바라는 바입니다."

그는 이어 "오늘 뱀파이어 여러분을 꼭 만나고 싶어 지구 반대편에서 찾아온 젊은이들을 소개하겠다"면서 자신의 뒤편에 서 있던 청년 5명을 연단으로 오르게 했다. 자세히 들여다보니 비록 청바지에 티셔츠를 입었으나 얼마 전에 동영상에서 본 연미복 남자가 보였다.

'어떻게 된 일이지? 드라큘라를 추앙하던 그가 이곳에 오다니⋯.'

다미앵 신부는 그의 손을 꼭 잡은 채 말을 했다.

"제 옆의 젊은이들은 드라큘라를 추앙하며, 그의 영적 부활을 꿈꿔온 다치아노와 그의 친구들입니다. 얼마 전 파스칼의 요청을 받아 제가 이곳에 오기 전에 브란성에 들러 드라큘라 초혼식을 벌이던 이들을 만났습니다. 겉으로는 무섭고 위험한 인물들처럼 보이지만, 실제로는 상처와 아픔이 많은 연약한 영혼들입니다."

그가 이들의 손을 높이 치켜들자 여기저기서 박수 소리가 들렸다. 대표격인 다치아노는 다소곳이 고개를 숙인 뒤 인사말을 했다.

"다미앵 신부님의 영적 인도를 받아 진짜 뱀파이어님들을 찾아왔습니다. 환영해주시어 감사합니다."

얼마 전에 본 동영상 속의 거친 모습과는 달리 공손한 태도였다.

다미앵 신부는 만족스러운 표정을 지으며 말을 계속했다.

"파스칼이 제게 말하기를, 250여 년 전에 그가 신의 부름을 받고서 드라큘라 구원을 위해 그의 무덤에서 은장도를 꺼냈을 때 그의 육신은 이미 흙먼지가 되었다고 했습니다. 저 또한 이곳에 오기 전에 그곳에서 그걸 확인했습니다. 젊은이들이 엉뚱한 유골을 놓고 뱀파이어 초혼식을 벌인 것은 잘못된 정보들에 그 원인이 있습니다. 더욱이 뱀파이어의 부활을 기원하는 젊은이들이 위험하기 짝이 없는 오염된 피를 나눠 마시는 흡혈의식을 갖는 것에 놀라지 않을 수 없었습니다. 저는 이들에게 진짜 뱀파이어인 여러분들을 만나게 해주고 싶었습니다. 다행스럽게도 초혼식의 리더격인 다치아노는 호기심이 많았습니다. 진짜 뱀파이어를 만나러 가자는 제 말을 믿었습니다."

파스칼과 니콜라, 셀린 그리고 뱀파이어들은 다미앵 신부의 말에 만족스러운 표정을 지었다.

이어 다미앵 신부는 파스칼에게 인간을 사랑하는 천사로서 소중한 생명을 끊으려 하는 인간들에게 더 이상 인간됨을 포기하지 않도록 계속 정진해줄 것을 당부했다. 다미앵 신부가 파스칼을 천사라고 부른 걸 보고 왠지 뿌듯한 느낌이 들었다. 뱀파이어도 저렇게 천사로 불릴 수 있다니, 파스칼의 동료가 된 사실이 자랑스럽기까지 했다.

다미앵 신부가 연설을 마치자 감동에 복받친 개와 고양이는 울부짖듯 그르렁거렸다. 비둘기와 참새, 생쥐, 물고기조차도 온몸을 흔들어 감동의 떨림을 나타냈다. 나는 다미앵 신부의 연설을 지켜보는 파스칼의 눈빛에서 주느비에브에 대한 그리움을 읽었다.

이어 파스칼은 연단에 올라 좌중의 열기가 좀 가라앉을 때를 기다렸다가, 마침내 입을 뗐다.

"저는 늘 여러분과 함께 있을 것입니다. 신이 허락하신다면 시간의 흐름이 계속될 때까지 저는 지금의 이 모습 그대로 남아 있을 것입니다. 우리는 모두 하나입니다. 다미앵 신부의 축복에 힘입어 신의 품 안에서 하나가 된 우리에겐 엄중한 현실이 기다리고 있습니다. 지금 인간계가 요동을 치고 있습니다. 우리 뱀파이어계가 인간계와 더불어 공존을 도모하며 기쁨과 슬픔, 분노와 즐거움을 함께 나누어왔지만, 탐욕과 파괴를 앞세운 별종 인간들이 나타나 사회의 근간을 흔들고 있습니다. 경제성과 효율성을 내세워 우리와 인간계에

익숙한 오래된 장소들을 때려 부수고 이 자리에 차디찬 바벨탑을 높이 세우며 여러분을 밖으로 내쫓고 있습니다. 곳곳에 복합빌딩이니, 오피스텔이니, 아파트니 하는 콘크리트 건물들이 세워지면서 나지막한 주택 골목길을 삶의 터전으로 삼아온 여러분이 갈 곳을 잃어 배회하는 신세가 되었습니다. 여러분을 반려견, 반려묘로 삼았던 인간들도 턱없이 오른 전세와 월세를 감당치 못해 외곽으로 쫓겨났습니다. 여러분의 반려인, 여러분의 집사라는 사람들이 여러분을 떼어놓고 도피하다시피 훌쩍 떠난 것은 분명히 도덕적으로 잘못된 일이지만, 여기에는 그들 나름의 윤리적 고뇌와 갈등이 있었을 것입니다. 물론 여러분 중에는 천성적으로 사악한 인간들에 의해 버림받았거나, 스스로 독립심을 발휘해 뛰쳐나온 이들도 있을 것입니다."

파스칼의 연설에는 진지한 울림이 있었다. 강아지와 고양이, 비둘기들은 부동자세로 앉아서 귀 기울이고 있었고, 평소에 주의력이 산만한 아담마저도 귀를 쫑긋 세웠다. 잔디밭에 엎드려 턱을 괸 채 파스칼을 바라보고 있던 쇼브, 뤼넷트, 블랑, 루주, 프리제, 슈테인은 자세를 고쳐 앉았다. 잔잔했던 강물도 출렁대기 시작했다. 파스칼은 휘영청 떠오른 둥근 보름달을 가리키며 말했다.

"나와 뱀파이어계의 지도부는 영롱하신 신께 약속드립니다. 우리가 모두 종의 구별 없이 존중받고, 인간계의 오랜 숙제인 자유와 평등을 구가할 수 있도록 노력할 것입니다. 역사 이래로 인간계에서는 수많은 혁명가가 자유와 민주의 가치를 약속했고, 우리 역시 두 가치의 실현을 위해 싸워왔습니다. 인간이 아닌 뱀파이어들이 이미 인간계가 포기한 자유와 민주의 가치를 되살린다는 게 어불성설이지만 태초에 모든 생명체는 자유롭고 평등했으며 민주적이었습니다. 아시다시피 우리 뱀파이어계에서는 성별의 구분도 없고, 나이의 차별도 없고, 신분 및 지위의 차별도 없습니다. 오로지 서로에 대한 존중과 공감, 사랑이 있을 뿐입니다. 우리가 지난 몇년 동안, 상처받고 고통받는 인간계 젊은이들의 생명을 구하고 이들의 아픈 영혼을 위로한 것은 바로 우리 뱀파이어계의 순리에 따른 것입니다. 이제 저는 종의 벽을 뛰어넘어 여러분과 더불어 모든 생명체가 자유와 민주의 가치를 존중하고 구가하며 평화롭게 살기를 희망합니다. 이제 여러분은 더이상 억압과 족쇄에 놓여 있지 않습니다. 비록 인간의 보살핌을 받더라도, 인간을 집사로 두었더라도, 또는 뱀파이어와 동거를 하더라도, 나아가 길거리에서 자유롭게 노닐며 떠돌더라도 그 누구도 여러분을 괴롭히고 해칠 수 없습니다."

파스칼이 목을 잠시 가다듬으려고 물잔을 들이키려는데, 어디선가 아빠가 좋아했던 가수 강은영의 청량한 목소리가 들렸다. 자유와 민주를 강조한 노래 「너를 부르마」였다.

너를 부르마

불러서 그리우면 사랑이라 하마

아무데도 보이지 않아도

(…)

이 땅이 나를 버려도

새삼스레 네 이름을 부른다.

내가 그 이름을 부르기 전에도

그 이름을 부른 뒤에도

그 이름 잘못 불러도

변함없는 너를 부르마

자유여 민주여 내 생명이여

자유여 민주여 내 사랑이여

뱀파이어와 인간 청년들, 그리고 개와 고양이들은 리듬에 맞춰 고개를 끄덕이다가 노래가 끝나자 뜨거운 환호와 박수를 보냈다. 나는 새삼스레 아빠의 얼굴을 떠올리며 내 이름의 소중한 의미를 되새겼다.

"여러분 앞에 푸른 사과가 하나씩 놓여 있습니다. 마침 저녁 시간입니다. 입을 크게 벌려 있는 힘을 다해 사과를 깨물어 드시길 바랍니다."

파스칼은 흐뭇한 표정을 지으며, 말을 계속했다.

"'내일 지구의 종말이 와도 나는 오늘 한그루의 사과나무를 심겠다'라는 경구가 있지만, 우리는 오늘 푸른 사과 씨앗을 뿌리려 합니다. '사과 묘목을 심고 메시아를 영접하라'라고 주장한 지혜의 신 미네르바처럼, 여러분은 사과를 먹은 뒤 씨앗을 지금 그 자리에 심어주길 바랍니다. 진리가 인류를 해방했듯 우리가 이 땅에 뿌린 사과 씨앗은 궁극적으로 우리 모두를 모든 굴레로부터 해방할 것입니다."

참석자들이 모두 푸른 사과를 먹은 뒤 씨앗을 땅에 심자, 파스칼은 살짝 목소리를 높여 말했다.

"이제 여러분에게 부탁드릴 게 있습니다. 모든 해방과 자유에는 책임이 따릅니다. 우선, 지구촌의 성숙한 시민으로서 청결과 정숙함을 지켜주시길 바랍니다. 소변과 대변을 잘 가리고, 여기저기 털을 날리지 말고, 아무 데서나 사랑을 나누는 걸 삼가시길 바랍니다. 그리고 서로서로 무시하거나 증오

하지 말아 주십시오. 마지막 한 가지, 이제부터 절대로 폭력과 살해는 용납이 되지 않습니다. 명심하십시오."

파스칼이 지구촌 시민의 책임을 강조하자, 참석자들에게서 숭고한 분위기가 느껴졌다.

이어 니콜라가 연단에 올랐다.

"분위기가 너무 진지해 보입니다. 모두 어깨를 펴시고 편안한 마음을 취해 주시고요. 파스칼 동지께서는 자유의 가치와 생명의 소중함을 강조해주셨습니다. 이에 찬성하신다면 박수와 환호로써 동의해주시길 바랍니다."

참석자들은 그제야 비로소 두 손과 두 발을 비비고 그르렁거리며 파스칼의 발언에 대한 환호의 뜻을 나타냈다.

"오늘은 우리가 모두 함께하는 공식적인 첫 번째 자리입니다. 인간과 뱀파이어, 개와 고양이, 그리고 많은 생명체가 진정한 평화와 연대를 도모하고자 이 자리에 모였습니다. 이제, 우리와 함께할 인간 친구들을 소개할까 합니다. 박수와 격려로 환영해주시길 바랍니다."

니콜라의 인간 소개에 개와 고양이들은 과거에 자신들을 학대하고 버린 인간들의 만행이 떠오르는 듯 어두운 표정으로 연단을 바라보았다. 셀린의 안내에 따라 한강 위에 떠 있던 서울함이라는 큰 배에서 100여 명이 내려와 연단을 가득

메웠다. 그동안 내가 속한 공감력 증강 기획단에서는 매뉴얼을 만들고, 이를 토대로 자살 직전의 젊은이들에게 삶의 의지와 가치관의 전환을 심어주며 이들이 뱀파이어계와 인간계의 평화적 공존의 지렛대 역할을 할 수 있도록 지원하는 X 프로젝트를 시행해왔다.

"여러분의 눈빛에서 이 젊은이들에 대한 경계가 읽힙니다. 걱정마세요. 이분들은 여러분 편입니다. 우리는 지난 10여 년 전부터 인간과의 평화적 공존을 위한 의미 있는 프로젝트를 시행해왔습니다. 특히 공감력 전문가인 강민주 님의 중개로, 감수성이 예민하고 공감력이 뛰어난 인간계의 소중한 분들을 우리의 친구로 맞았습니다."

X 프로젝트에 참여하는 청년 100여 명을 왼쪽부터 찬찬히 들여다보는데, 반갑게도 지훈이 눈에 띄었다. 지훈이는 내게 물린 목의 흔적을 푸른 사과 무늬의 머플러로 감싼 채 내게 미소를 지어 보였다.

파스칼은 나에게 눈길을 한번 준 뒤, 말을 계속했다.

"이 자리에 여러분 앞에 서 있는 이분들이야말로, 진정한 용기가 무엇인지 잘 아시는 분들입니다. 세상에서 남을 짓밟고 올라가기란 어렵지 않습니다. 그건 욕망이고 본능이며 조금이라도 권력과 돈이 있으면 남을 부리기가 쉬우니까요. 어찌 보면 욕망과 본능을 억제하는 용기야말로 정말로 발휘하기 힘든 일일 것입니다. 경쟁에서 치열하게 이기는 게 아니라, 친구들을 위해서 멋지게 져 줄 수 있는 용기, 모두가 목표지점을 향해 질주할 때 혼자만이라도 트랙에서 빠져나와서 비탈길을 힘들게 오르는 폐지 손수레를 밀어주는 따뜻한 용기, 남이 아플 때 같이 아파하고 남이 분노할 때 같이 분노하고, 남이 웃을 때 같이 웃어줄 줄 아는 여유의 용기…. 이분들의 용기는 특별합니다. 이분들은 여러분의 친구로서 여러분과 늘 함께할 것입니다."

파스칼이 호흡조절을 위해 잠깐 말을 멈추자, 여기저기서 박수와 환호 소리가 들렸다. 내 품 안에 있던 아담도 파스칼의 말을 이해하는 듯 그르렁거렸다.

그는 다시 말을 이었다.

"망원동 선언 이후 우리는 지난 10년 동안 인간과의 평화적 공존을 도모하기 위해 큰 노력을 기울여왔습니다. 더 이상 인간과 동물의 피를 흡입하지 않고 그 대신에 비건주의를 공식 채택하여 식단을 채식으로 바꾸고, 인간처럼 영양제로 건강을 지켜왔습니다. 물론, 최근 들어 몇몇 뱀파이어들이 너무 인간화한 체질 탓에 잇몸이 쪼그라지며 송곳니가 도드라지고 얼굴이 창백해지는 포르피린 증세를 앓기도 했으나, 우리의 용감한 동료들이 치료제를 독과점한 한강 너머의 대형병원을 습격하여 충분한 치료제와 다양한 영양제를 확보했습니다. 여러분 중에 영양결핍으로 고생하는 분이 있다면 언제든지 노크해주시길 바랍니다. 우리는 뱀파이어와 인간의 평화적 공존을 실천하는 'X 프로젝트'를 모든 생명체에게로 확대하려 합니다. 이름하여, '2X 프로젝트'입니다. X는 미지수로, 무한한 가능성을 의미합니다. 우리가 모두 서로 돕고 서로 공감하며 서로 이끌어 가면 우리가 상상하는 모든 걸 성취할 수 있다고 생각합니다."

파스칼은 나를 가리키면서, "그동안 뱀파이어계의 공감력 증강을 위해 헌신해주신 민주님께 2X 프로젝트팀의 팀장을 맡아주실 것을 정중히 요청한다"라고 말했고, 나는 얼떨결에 고개를 끄덕였다. 뱀파이어들과 젊은이들은 박수를 쳤고 개들은 그르렁 소리, 고양이는 야옹 소리로 환호했다. 니콜라가 내 소매를 잡고 연단 위로 이끌었다.

청중 속에서 나를 보고 흐뭇해하는 지훈과 아담을 보고 왠지 기분이 좋았다. 나는 청년들의 얼굴을 한 명씩 바라보았다. 빼빼 마른 사람, 뚱뚱한 사람, 도수 높은 안경을 낀 사람, 팔목과 얼굴에 타투를 한 사람, 머리를 노랗거나 빨갛게 염색한 사람, 크루엘라처럼 절반씩 화이트와 블랙으로 염색한 사람, 머리를 빡빡 깎은 사람…. 다양한 사람들의 눈과 마주쳤다. 모두가 상기된 표정으로 뭔가 기대하는 표정이었다.

"5년 전, 저는 남자 친구의 갑작스러운 커밍아웃으로 인한 당혹감과 절망감으로 너무 화가 나서 한강에 뛰어내렸습니다. 그건 오해였지만, 당시 제가 사랑했던 아버지의 죽음으로 인생의 덧없음과 무력감을 느끼던 때여서 앞뒤를 생각할 여유가 없었어요. 주위 친구들을 둘러보았지만 모두가 학교 공부와 학원 공부의 노예가 되어 제 고민 따위에는 귀 기울여 줄 것 같지 않았습니다. 죽음 이후의 세상에 대해선 심각하게 생각하지 않았습니다. 엄마가 딸의 죽음을 얼마나 슬퍼할지, 제가 가끔 산책시키고 목욕시키는 아담이 얼마나 저를 기다릴지 깊이 고민하지 않았습니다. 다행스럽게도 파스칼의 도움을 받아 저는 죽지 않았습니다."

잠깐 심호흡을 한 뒤 좌중을 둘러보니 모두가 숨죽이며 나를 바라보고 있었다. 한때 나의 남친이었던 지훈이는 멋쩍은지 고개를 숙였다.

"저는 지금까지 단 한 가지라도 잘하는 게 없었습니다. 영어, 수학, 국어, 글쓰기, 피아노, 바이올린, 그림, 수영, 무용, 심지어 드럼까지 뭐라도 배워보려 했지만, 아까운 학원비만 날렸습니다. 대학을 가려면 학교성적이 좋아야 하고 그게 아니라면 뭐 한 가지라도 잘해야 하는데 그게 쉽지 않았습니다. 학교성적은 좋지 않지만, 저는 친구들을 좋아합니다. 또 등하굣길에 만나는 고양이와 개들을 좋아하고, 돌담 위에 핀 장미꽃과 호박꽃도 좋아합니다. 담벼락을 기어 올라가는 개미들조차 사랑스럽습니다. 비가 내리면 우산을 내던지고 하늘에 난 구멍을 들여다보고, 눈이 내리면 혀를 내밀어 보기도 하고요. 그러니까 지극히 평범한 인간인 셈입니다. 어쩌면 여러분도 저와 같거나, 또는 조금 더 말썽꾸러기거나, 조금 더 모범생이거나…. 아마도 저와 엇비슷했을 것입니다."

참석자들은 모두 고개를 끄덕거렸다. 나는 잠시 심호흡을 한 뒤에 목소리 톤을 높였다.

"하지만 우리가 살아온 인간계는 도무지 인간적이지 않았습니다. 학교에서는 1등부터 꼴등까지 줄 세워 마치 정육점 고기 등급처럼 학업 등급을 매기고, 상급 친구들은 애지중지 멋진 식탁에 오르고, 하급 친구들은 쓰레기로 버려지는 것이 현실입니다. 옆자리의 친구가 병원에 입원하면 궁금하기는 커녕 오히려 경쟁자를 제칠 기회로 생각하는 게 어디 정상이라 할 수 있을까요?"

나는 스스로 감정에 부풀어 떨리는 목소리로 말을 계속했다.

"우리의 운명이 숫자로 환원되면서, 우리는 소중한 모든 가치를 잃었습니다. 친구를 등수 순으로 사귀고 절친을 집이나 자동차의 크기순으로 정한다면, 그건 숫자에 숨겨진 사막의 아름다움을 깨닫지 못하기 때문입니다. 어린왕자의 말대로 사막이 아름다운 것은 그것이 어디엔가 샘을 감추기 있기 때문일 것입니다. 숫자를 좋아하는 인간계 어른들이 여러분의 눈을 가렸습니다. 새로 친구를 사귀면 '그 아이의 목소리는 어떠니? 무슨 놀이를 좋아하니? 나비를 수집하지 않니?'와 같은 이러한 것들을 물어야 하지만, 어른들은 그 아이가 몇 등을 하고, 그 아이의 아버지가 돈을 얼마나 버는지에만 관심이 있습니다. 불행하게도 작가 생텍쥐페리가 사막의 샘을 찾아 야간 비행 중 실종한 뒤 어린왕자는 인간계에 알쏭달쏭한 사랑의 메시지를 남긴 채 떠돌고 있습니다. 이제, 현실 속의 어린왕자는 여러분입니다."

잠시 심호흡을 한 뒤 참석자들을 살펴보니, 모두가 어린왕자처럼 순수하게 보였다.

"이제 여러분은 예전의 자신이 아닙니다. 2X 프로젝트팀에 합류한 여러분은 인간계가 상실한 '인간적인 것'을 회복하는데 헌신해야 합니다. 건강하고 씩씩한 모습으로 다시 인간계에 들어가서 여러분처럼 상처받고 고통스러워하는 친구들의 등을 다독여주고, 이기심과 혐오감으로 똘똘 뭉친 친구들에게 참된 삶이 무엇인지 말해주어야 합니다. 뱀파이어계에 한 발을 들인 이상, 여러분은 더 이상 인간계의 외톨이가 아닙니다. 여러분이 원하면 여러분이 속한 집단에서 정상의 자리에 오를 것입니다. 그게 학교이든, 회사이든, 또는 프리랜서 일이든 간에 여러분의 능력이 빛을 발할 것입니다. 여러분의 원활한 사명 완수를 응원하기 위해 뱀파이어가 늘 함께할 것입니다. 하지만,"

귀를 쫑긋 세우고 내 말에 집중하던 청중은 "하지만"이라는 말에 짐짓 긴장하는 표정을 지었다.

"여러분은 앞으로 부여받을 능력을 항상 옳은 일에만 사용해야 합니다. 파우스트는 약속대로 메피스토펠레스에게서 신비의 능력을 부여받는 대신 육신을 뺏기지만 여러분은 설사 약속을 지키지 않더라도 아무것도 잃지 않을 것입니다. 여러분의 운명은 온전히 여러분의 것이니까요. 아울러 이 자리에 나온 개와 고양이, 그리고 크고 작은 생명체에게도 당부의 말씀을 드립니다. 더 이상 여러분은 혼자가 아닙니다. 우리는 여러분이 못된 인간들에게 쫓겨서 굶주리며 죽음의

푸른 사과의 비밀

사선을 넘지 않도록 늘 여러분과 함께할 것입니다. 여러분이 도움을 요청하면, 경찰 순찰차나 119 소방차보다도 더 빠르고 정확하게 뱀파이어들이 달려갈 것입니다."

내가 연단에서 내려오자 박수와 함께 그르렁 소리, 야옹 소리의 환호성이 터져 나왔다. 아담은 높이 뛰어 내 품 안에 안겼고, 감격스러운 듯 내 볼에 뽀뽀했다. 2X 프로젝트팀의 팀장으로서 나는 즉석에서 국제팀을 새로 만들어 루마니아에서 온 다치아노와 그의 친구들을 배속시켰고 셀린에게 잠정적으로 그들의 멘토 역을 맡아줄 것을 부탁했다. 모두가 흔쾌히 나의 제안을 받아들였다. 원래 그들은 뱀파이어가 되기를 원했으나, 더 이상 뱀파이어의 탄생을 원치 않는다는 '망원동 선언'의 대의에 대한 셀린의 설명에 깊이 공감했다.

파스칼에게서 선물로 받은 '푸른 사과'를 깨문 그들은 아담과 이브의 탐욕스러운 빨간 사과나 스티브 잡스의 고독한 잿빛 사과가 아닌, 기쁨과 환희의 즙이 넘쳐나는 사랑의 열매를 맛보며 탄성을 질렀다. 타인에 대한 분노와 저주의 사악한 마음이 사라지고 모든 생명체에 대한 경외의 따스한 마음이 진심으로 우러났다.

에필로그

저녁 10시가 되자 공식적인 행사는 마무리되고 이제 자유로운 사교의 시간이 주어졌다. 2X 프로젝트팀에 합류한 청년들과 뱀파이어들은 저마다 삼삼오오 조를 이뤄 토론을 벌였고, 고양이와 개들은 야옹, 그르렁거리며 뛰어 놀기 바빴다. 잠이 많은 비둘기는 졸리는 듯 고개를 살짝 떨군 채 눈을 감았다. 파스칼은 집행부와 함께 붉은 와인을 마시며 보름달에 비친 평화로운 정경을 바라보면서 내게 그윽한 미소를 보냈다. 파스칼에게 미소로 답하고는 니콜라, 셀린, 프리제, 루주, 블랑, 블롱, 쇼브, 카레, 그리고 지훈, 수빈이와 함께 잔디밭에 누워 한동안 아무 말 없이 하늘을 바라보았다.

나는 잠깐 눈을 감고 전생에서 파스칼과 인연을 가졌을 법한 느낌을 더듬으며, 인연의 고리를 애써 떠올려보려 해도 도무지 나의 전생이 회상되지 않았다.

혹시 내가 일방적으로 그와의 인연을 상상한 것은 아닐

까? 그의 가슴에는 늘 주느비에브에 대한 추억이 아로새겨 져 있지 않았을까?

그가 숭배한 그녀는 비록 스스로 목숨을 끊어 자살을 금 기시하는 신의 섭리를 거슬렀지만, 그것 때문에 신에게서 구 원받지 못해 구천을 떠돌지 않았을 것이다. 한평생 밤낮으 로 신에게 기도하며, 온갖 핍박을 받으며 이 땅의 가난한 이 들을 구도의 길로 이끈 주느비에브를 신이 외면할 순 없었을 것이다. 주느비에브는 신의 인도를 받아 신과 더불어 밤하늘 의 저 영롱한 별나라에서 행복한 삶을 영위하고 있을지 모를 일이다. 하지만 파스칼은 아직도 그녀를 잊지 못해, 오래전 에 그녀와 함께했던 장소를 찾아 그녀에 대한 기억을 더듬고 있다.

프란치스코 수도회 소속 다미앵 신부가 파스칼이 숭배한 토마스 신부와 주느비에브 수녀의 유해가 섞였을 흙을 담아 간다 해도 그녀를 향한 파스칼의 그리움은 사라지지 않을 것 이다. 그런 그의 머릿속에 나의 존재가 들어갈 틈이 있을까?

그는 자기의 삶을 사는 거고, 나는 나의 삶을 선택해야 한 다. 나는 거울 속에 내 모습을 비춰보면서 왜 내가 파스칼에 게 물려서 뱀파이어로 변태했다고 믿었을까 생각하니 저절 로 웃음이 나왔다. 내 송곳니는 뾰족하게 자라지도 않았고 내 식욕은 인간이나 동물의 피를 갈구하지 않았으며, 오히려 나는 비건주의자가 되어 콩과 야채, 과일을 즐기는 식생활을 갖게 되었다. 내가 가장 힘들어하고 지쳤을 때 파스칼과 그의 동료들은 나의 친구가 되어 주었다. 나는 뱀파이어들과 어울리면서 그들에게서 인간보다 더 인간적인 면모를 느꼈다. 애초에 그들 역시 인간이었던 만큼, 비록 뱀파이어로 변태했을지라도 원초적인 인간성을 간직하고 있었던 것이다.

파스칼은 여러모로 매력적이다. 내가 좋아하는 중저음의 목소리에, 맑고 깊은 눈, 오똑한 콧날, 그리고 당당한 팔자걸음…. 무엇을 걸쳐도 옷맵시가 멋있는 그가 앞으로 발걸음을 내디디며 살짝 바깥으로 발끝을 향할 때 마치 오페라의 프리모 우오모처럼 느껴지곤 했다. 200년이 넘는 나이 차이에도 불구하고 나는 파스칼에게서 어떤 세대 차를 느낄 수 없었다. 물론 니콜라, 셀린, 그리고 다른 뱀파이어들에게도 시간이 지날수록 친근감을 느꼈으나 파스칼에게 느끼기 시작한 이런 감정에 비할 바는 못 되었다.

나는 꽤 오랫동안 나의 전생이 파스칼과 관련이 깊을 것으로 생각했다. 파스칼이 절두산 묘지를 자주 들락거리며 여전히 잊지 못하는 주느비에브 수녀가 어쩌면 전생의 나였을지도 모를 것이라는 생각을 해봤으나, 그것은 사실 나만의 착각이었다. 파스칼의 가슴에는 여전히 주느비에브 수녀가 자리하고 있었으며, 그녀에 대한 그의 사랑은 인간계의 남녀 사랑을 초월하는 궁극의 사랑 같은 것이었다. 이에 비해 내가 바라는 사랑은 지극히 대부분의 남녀가 추구하는 소소한 밀착형 사랑이었다. 같이 걸으며 손을 잡고, 주위 사람을 개의치 않으며 키스를 나누고, 연주회와 영화관을 함께 다니고, 커피 주문할 때 원 샷이냐 투 샷이냐, 핫이냐 아이스냐의 사소한 문제로 다투다가도 금세 화해하기도 하고…. 하지만 나는 아직까지 파스칼에게 그런 사랑을 느껴본 적이 없었다. 불행이랄까, 아직 그와 나 사이에 끈적한 눈빛을 주고받은 적이 없으며 야릇한 감정을 가져본 적이 없다.

시간이 흐르면서 나는 뱀파이어가 아니며 결코 뱀파이어가 될 수 없다는 사실을 깨닫게 되었다. 사실 나의 정체성에 대한 진실을 알게 된 것은 오래전, 그러니까 치과에서 발치한 송곳니가 더 이상 돋아나지 않을 때부터였지만 애써 스스로 뱀파이어라고 믿고 싶었다. 모든 생명체에 차별이 없고 압제와 폭력이 없는 뱀파이어계의 질서와 세계관이 마음에 들어 그들과 어울리고 싶었다. 니콜라에게 "반은 인간이고, 반은 뱀파이어, 그러니까 반인반뱀이 된 기분이야."라고 말했지만 실제로는 인간이라는 점을 더 느끼고 있었다.

내 곁에 누워있던 수빈이는 잔디밭에서 일어나 내 어깨를 치며 푸른 하늘을 가리켰다. 뭉게뭉게 뭉친 구름이 보름달 주변으로 몰려들며 푸른 사과를 만들어갔다. 모두가 환호성을 질렀다.

갑자기 바람이 거세졌다. 강물이 출렁대기 시작했다. 잠시 후 강물 소리가 잠잠해지고 바람이 고요해졌다. 이어 짙은 밤안개가 절두산에서 내려와 양화대교, 그리고 한강공원에까지 깔리면서 우리 모두를 휘감았다. 어디선가 아담이 달려와 나와 수빈 사이를 비집고 들어왔다.

"민주야, 저기를 봐!"

갑자기 놀란 표정의 수빈이 내 손을 잡아끌며 한강 둔치에 우뚝 솟은 대형 뉴스 전광판을 가리키자 파스칼과 니콜라, 셀린이 고개를 돌렸다. 채 원장이 기자회견을 하는 내용이 자막뉴스로 나왔다.

"보이지 않는 음모세력의 방해 공작 탓에 인공 자궁 실험실을 베이징으로 옮기고, 프랑스의 파스퇴르 연구소와 중국 사회과학원의 연구진과 함께 맞춤식 신생아를 만들 계획입니다. 세 나라의 연구진은 그동안 비밀리에 유전자 가위 기술을 이용해 반려견의 체세포를 생식세포로 전환해 새끼를 탄생시키는 실험을 성공적으로 수행했습니다. 우리 연구진은 프랑스와 중국 정부의 적극적 지원을 받아, 인간의 정자와 난자가 없이도 강하고 똑똑하며 창의적인 아이들을 만들어 병든 인류를 구할 것입니다. 고무적인 것은 최근 생명체에 영원불멸의 생명력을 심어주는 유전자를 발견해 이를 신생아에 이식시키는 연구를 하고 있다는 점입니다. 전설이나 소설, 영화에서나 접한 뱀파이어의 영원성을 지닌 인간의 탄생을 머지않아 목격하게 될 것입니다. 더 이상, 보잘것없는 인간들의 능력으로는 전쟁과 가난, 환경재앙을 해결할 수 없습니다."

전광판 화면에서는 반려견의 체세포를 복제해 탄생시킨 10여 마리가 뒹굴고 있었다. 복제된 반려견들은 외모와 습관만 비슷할 뿐 예전의 기억이 없는 듯, 자신들의 원형이 된 반려견을 공격했다. 수빈이는 떨리는 내 손을 꼭 잡고서 울먹였다.

"저럴 수는 없어! 저걸 용인하면 우리는 더 이상 인간이라 할 수가 없어!"

니콜라는 내 곁으로 다가와, 얼마 전에 다친 손가락에 붕

대를 감은 채 심각한 표정을 지었다.

"영원불멸의 생명력을 심어주는 유전자라니? 우리 뱀파이어 말고, 어떤 생명체의 유전자라는 거지?"

자신의 다친 손가락을 바라보는 니콜라의 어두운 얼굴에서 그가 무엇을 걱정하는지 짐작했다. 니콜라는 내게 다가와 조심스럽게 말했다.

"그날 병원 철문에 묻은 내 핏자국은 불길에 모두 타고 없어졌을 거야. 내 유전자를 추출했을 리 없어."

"그래, 그럴 순 없지!"

나는 그의 어깨를 다독거려 주었다.

파스칼은 절두산 아래 몰려가는 밤안개를 하염없이 바라보다가 눈을 밤하늘로 돌렸다. 마치 누군가를 찾듯이….

한 손으로는 아담을 안고 다른 한 손으론 수빈의 손을 잡은 채 다시 얼굴을 내민 보름달과 그 옆에서 빛을 발하는 별들을 바라보았다. 내가 태어났던 날 저녁부터 변함없이 나를 지켜봤고, 수백 년 전의 파스칼과 니콜라, 셀린, 그리고 존재하는 모든 것들을 기억하는 저 달과 별들은 어쩌면 세상의 모든 비밀을 다 알고 있을 것만 같았다. 어디선가, 내가 고딩 시절에 즐겨 들었던 BTS의 노래가 들려왔다. X 프로젝트팀의 젊은이들이 즉석 무대를 설치하고 흥겨운 음악에 맞춰 춤

푸른 사과의 비밀

을 추고 있었다. 뱀파이어, 강아지와 고양이, 비둘기들과 새
들, 강 속의 물고기들도 신나서 몸을 들썩거렸다.

……

오늘밤 난 별들 속에 있으니

내 안의 불꽃들로 이밤을 찬란히 밝히는걸 지켜봐

펑크와 소울로 이 도시를 밝혀

빛으로 물들일거야 다이너마이트처럼

……

갑자기 여기저기서 환호성이 터졌다.

"저기 좀 봐!"

누군가 붉은 망토를 휘날리면서 치솟았다. 별들이 한 아름
끌려와 밤하늘을 더 밝혔다. 저 멀리 파스칼의 실루엣이 보
였다.

추천사

영상을 보다가도 지루하다 싶으면 건너뛰는 게 습관이 되어버린 요즘, '스킵'할 틈이 없는 소설이라면 이해가 될까? 비건을 지향하면서 삶을 포기하는 인간의 목숨을 구해주는 뱀파이어라니. 인간의 MBTI를 분석하며 인간의 아픔을 어루만져줄 '공감력 증강팀'까지 만드는 정성이란! 지금까지 이런 뱀파이어는 처음이었다. 잡스의 '메마른 사과'를 대체하는 싱싱하고 파릇파릇한 사과를 꿈꾸는 이들. "내일 지구가 망해도, 나는 오늘 한 그루의 사과나무를 심겠다."라는 뻔한 말에서 진정한 의미를 발견해내는 통찰은 합정동 뱀파이어를 향한 팬심이 생기기에 충분했다. 뱀파이어 소설 장르의 계보가 있다면, 새로운 획을 그을만한 놀랍고 흥미로운 소설이다.

이효진(EBS 〈지식채널 e〉 작가)

책은 분명 400쪽이 넘는 분량인데, 책을 다 읽고 나서도 소설이 끝나길 않는다. 이상하고 기괴한 일이 아닐 수 없다. 읽어도 읽어도 끝나지 않는, 아니 읽을수록 점점 더 이야기가 풍부해지는 소설. 그것이 바로『푸른 사과의 비밀』이다. 이토록 광대한 세계관을 품은 소설이 있었던가. 이토록 개성 강한 캐릭터를 내세운 소설이 있었던가. 우리가 알던 그 합정동이 아니며 우리가 알던 그 뱀파이어가 아니다.

선교사의 수호천사로 조선 땅을 밟은 뱀파이어들이 옹기종기 모여 사는 합정동이라니! 인간의 피를 빨지 않고 영양제를 먹는, 젠더리스의 존재로 섹스를 하지 않는 뱀파이어라니. 읽는 내내 스스로 묻고 또 물었다. 이건 도대체 뭔가. 여긴 도대체 어딘가. 물론 내 질문의 종착지는 작가였다. 도대체 작가는 누구인가. 아르망. 방대한 인문학적 지식과 발칙한 상상력을 보여주는 작가의 나이와 성별은 철저히 감추어져 있다. 필명에도 한 줌의 비밀 이야기가 숨겨져 있는 모양새다. 도대체 이 소설은 언제 이야기하길 멈춘단 말인가. 아.

김민정(중앙대 문예창작학과 교수)

작가의 말

　강아지와 고양이는 빨간 벽돌의 낮은 담장에 살짝 기대어 낮잠을 자고, 담장 너머로 떨어진 대추와 감을 쪼아 먹던 비둘기는 아장아장 행인들의 발자국을 따라다니고, 잿빛 하늘을 뒤덮은 고층 아파트에 현기증을 느낀 젊은이들은 나지막한 골목길에서 숨을 고르고, 그리고 그날 나는 그의 꿈을 꾸었다.

　파스칼. 그는 나를 망원동과 합정동을 지나 절두산 기슭에 있는 뱀파이어 아지트로 데리고 갔다. 푸른 사과가 탐스럽게 매달린 사과나무가 제일 먼저 내 시선을 사로잡았다. 그를 처음 보았던 그때 그 느낌 그대로였다. 차가움, 투명함, 그리고 신비로움. 이토록 낯선 매혹은 지구의 것이 아님이 분명했다. 빠른 걸음으로 나는 뒤뜰을 통과해 그의 집으로 들어갔다. 방안에는 상큼한 레몬 향이 가득했다. 테이블 위에는 내가 좋아하는 비트와 자색 고구마, 붉은 토마토, 빨간 용과, 적포도주가 한가득 차려져 있었다. 모두 나의 식탐을 돋구하는 찬연한 선홍빛이었다.

니콜라, 셀린, 루즈, 쇼브, 뤼넷트, 카레, 블랑… 파스칼과 그의 친구들은 깊은 포옹으로 나를 환대해주었다. 그렇게 시작된 우리의 대화는 동이 트고 날이 밝아질 때까지 계속되었다. 고양이와 강아지, 새끼 비둘기와 꿀벌, 장미와 능소화, 개나리와 호박꽃, 희망과 절망, 삶과 죽음, 전쟁과 평화… 미처 꺼내놓지 못하고 가슴 안에 고이 묻어두었던 속마음처럼 모두 창백한 낯빛의 이야기들이었다.

"네가 우리 이야기를 글로 써주었으면 좋겠어."

파스칼은 펜을 쥐듯 내 손을 꼭 잡고 말을 이었다.

"네가 보고 네가 느낀 대로 그대로 쓰면 돼."

파스칼은 왜 뱀파이어들이 망원동에 살고 있고, 이곳에서 무엇을 하려고 하는지 삶으로 직접 보여주겠다는 듯 비장한 눈빛이었다. 차갑고, 투명하고, 그리고…

"왜 내가 당신들의 이야기를 써야 하죠?"

나는 그의 입으로 직접 듣고 싶었다. 하지만 내가 듣고 싶은 말과 그가 하고 싶은 말은 달랐다. 그는 대답 대신 내게 종이 한 장을 건네주었다.

인간과 뱀파이어 간의 평화적 공존을 도모하기 위한 '망원동 선언문'.

"기억해줘. 레몬 향이 느껴지면 그곳에는 언제든 우리가 있다는 걸."

그날 이후, 나는 민주가 되어 그들의 이야기를 써 내려갔다. 글이 막히면 절두산 주변을 산책하고, 합정동과 망원동 사이를 오가며 서교동, 연남동, 연희동, 경의선 숲길, 상수동의 꼬불꼬불 골목길을 거닐면서 그들이 이끄는 대로 노트북 키보드를 두드렸다. 글을 쓰는 것은 나이면서도 내가 아니기도 했다. 어떨 때는 민주와 파스칼이기도 했고, 어떨 때는 니콜라, 셀린, 루즈, 쇼브이기도 했다.

푸른 사과의 비밀

감사의 말

한밤의 꿈으로 끝날지도 모를 다소 황당한 이야기가 소설로 나오기까지 많은분들의 도움이 있었습니다.

이 책의 훌륭한 첫 애독자이자 반려견 찰스와 달타냥의 반려인 서영님, 글의 행간에 숨은 비문과 오탈자를 적절히 들춰낸 유라님과 지수님, 그 어떤 책보다도 더 멋진 미장파주(mis en page)를 장식한 디자이너 예리님께 감사드립니다.

또한 비판적 코멘트와 격려로 이 책의 적절한 균형을 잡아준 아르장님, 펄님, 치용님, 치헌님, 명수님, 채훈님, 독서회 「노상수기」 회원님들. 그리고 아담의 모델이자 내게 상상력을 자극해준 나의 귀염둥이 복돌이와 합정동과 망원동 사이에서 수없이 마주치는 '뱀파이어들', 마지막으로 이 책이 세상에 나올 수 있도록 후원해주신 모든 독자님들에게도 감사의 마음을 전합니다.

후원자 명단

.

Aurélie

Azem

Back Lyn

CedricMJ 장민호

hyeon_m

Killia

Lucien

Nydia

Wood

X

강연경

강윤지

곽주희

괴도1412

국제영화비평가연맹 회장 이명희

권지나

기은서

김경순

김교만

김도훈

김민아

김민채

김보름

김사라 할아버지

김상두

김수진

김영민

김오성

김이울

김정은

김주현

김지연

김태용

김택정

김혜연 코리아헤럴드

김혜영

난설헌

류승민	윤혜럼	주스씨
류정아	이상용	지안
르몽드의 주연	이세빈	최경진
민균	이수진율리아	최내경
민병두	이영란	최세정
박서영	이용범	최영주
박현주	이재경	최원종
배달래	이재옥	최일연
백승훈	이종훈	카셀드리안
별꽃	이주영	티나
서국화	이철원	풍영현
설하리	임지연	한동화
성석남	장국영	한소영
星野	장병희	행복한예술재단
성현미	장원철	홍대길
신희성	재령	황영미
심민호	전창민	황지현
암브로시아	전혁	황혜영
엘남매	정문영	
우아한 오리	정소현	
우주	조현민	
유숙열	조현혁	
윤나현	주범수	

작가 아르망

파리와 서울의 뒷골목에 대한 동네 이야기를 채집하는 것을 좋아한다. <푸른 사과의 비밀>은 지난 수년간 합정동과 망원동 사이에 살면서 고불고불 골목 길에서 마주치며 서로 안부를 건넨 뱀파이어, 상처 많은 젊은이, 고양이와 비둘기, 강아지들에 대한 이야기다. 꿈과 현실의 교착점에서 시공을 함께하는 인간계 너머의 생명체에 대한 발칙한 상상을 자주 즐긴다.

푸른 사과의 비밀 2

초판 1쇄 발행   2023년 2월 10일

지은이   아르망
펴낸이   성일권
펴낸곳   이야기동네
디자인   조예리
커뮤니케이션 최승은
교열   김유라, 박지수
인쇄·제작   디프넷

주소   서울특별시 마포구 양화대로 1길 83 석우 1층
출판등록   2009. 09. 제2014-000119
홈페이지   www.ilemonde.com
SNS   https://www.facebook.com/ilemondekorea
전화번호   02)777-2003
전자우편   info@ilemonde.com

ISBN 979-11-92618-18-0
ISBN 979-11-92618-19-7 (세트)

이 도서의 국립중앙도서관 출판예정도서목록(CIP)은
서지정보유통지원시스템 홈페이지 (http://seoji.nl.go.kr) 와
국가자료공동목록시스템 (http://www.nl.go.kr/kolisnet) 에서 이용하실 수 있습니다.
(CIP제어번호: 2018007229)

*이야기동네는 (주)르몽드코리아의 서브 브랜드입니다.
* 이 전자책은 한국출판문화산업진흥원 '2022년 텍스트형 전자책 제작지원' 선정작입니다.